文庫

森下典子

前世への冒険

ルネサンスの天才彫刻家を追って

『デジデリオ』改題

光文社

まえがき

ふとした瞬間、

(前にも、これと同じ場面があった!)

という感覚に打たれたことはないだろうか?

私も、生まれて初めて来た場所で、

(ここは、前にも来た!)

と、思ったことがある。

あの(前にも……)という感覚の、「前」とは、いつのことだろう……。


人には、生まれつき怖くて仕方のないものがあったりする。一度も教えられたことがないのに、なぜか最初から得意で、うまくできるものがあったりする。

行ったこともないのに、特定の国にたまらなく惹《ひ》かれたり、身近な人は誰もしていないのに、子供の時からある仕事に特別な関心があったり……。

こういうことは、なぜ起こるのだろう。

私たちは、生まれた時、何の経験もない「ゼロ」の存在ではないのだろうか。

だとしたら、それはあの（前にも……）の感覚と、何か関係があるのだろうか。

「前」とは、いつのことだろう……。

私はどこにいたのだろう……。


これから書くのは、私が三十代の終わりに実際に体験したことだ。

私は、不思議なことが好きなくせに、とことん疑り深い人間である。たわいのない夢にふけることもあるが、実際にはこの目で確かめたものしか信じない。

現実的で保守的な親に育てられ、胡散臭いものには距離を置き、近づかないように生きてきた。もちろん、ＵＦＯを見たこともないし、霊感もない。超常現象は、私の人生には一切関係がなかった。

そんな常識的で慎重な私が、あるきっかけから、自分の「前世」を追いかけることになった。疑り深い性格と、謎を解き明かしたいという思いに突き動かされて、資料を探し、図書館をめぐり、真偽を確かめるためにイタリア、ポルトガルへ旅することになった。

人生半ばの冒険は、忘れえぬ旅になった……。

その旅へ、読者を一緒にお連れしたいと思う。


あらかじめ書き添えておくが、この本に登場する「清水広子」という人名は、プライバシー保護のため、仮名にした。

煩雑な部分は、わかりやすくするために簡略化したが、事実を捻じ曲げたり、付け足したりした箇所は一つもない。

常識的で慎重な自分自身にかけて言う。

これはフィクションではない。

すべて事実だ。

森下典子

前世への冒険——目次

第二章　前世への冒険

第三章　迷宮デジデリオ

地図及び図表／河合理佳

フィレンツェMAP
デジデリオの家
デジデリオ広場
ロッセリーノの家
（ガンベライア荘）
セッティニャーノ村
SETTIGNANO
アルノ川
FIUME ARNO
N
0
1500m

ボローニャ、ミラノ
ポルタ・アル・プラト駅
競技場
アルノ川
FIUME ARNO
カンポ・デ・マルテ駅
サンタ・マリア・ノベッラ駅
（フィレンツェ中央駅）
Stazione di Santa Maria Novella
ドゥオーモ
（花の聖母マリア大聖堂）
Duomo
(Cattedrale di Santa Maria del Fiore)
フィレンツェ
FIRENZE
サンタ・クローチェ教会
Chiesa di Santa Croce
ボーボリ庭園
Giardino di Boboli
ミケランジェロ広場
Piazzale Michelangelo

セッティニャーノ村界隈
デジデリオの家
Casa di Desiderio
VIA DESIDERIO DA SETTIGNANO
(デジデリオ・ダ・セッティニャーノ通り)
VIA DE CIOLI
VIA DEL ROSSELLINO
(ロッセリーノ通り)
デジデリオ広場
Piazza Desiderio
ロッセリーノの家
(ガンベライア荘)
Casa di Rossellino
VIA DELLE CAPPONCINA
VIA DEL LORETINO
フィレンツェ
VIA DEL GUARLONE
VIA ARETINA
VIA ROCCA TEDALDA
FIUME ARNO
アルノ川
N
0
1000m

フィレンツェ中心街
サンタ・マリア・ノベッラ駅
(フィレンツェ中央駅)
Stazione di Santa Maria Novella
サン・マルコ美術館
ゲラルデスカ 庭園
フィレンツェ大学
VIA GUELFA
グエルファ通り
アカデミア美術館
Galleria dell'Accademia
メディチ家礼拝堂
Cappelle Medicee
サン・ロレンツォ聖堂
San Lorenzo
サンタ・マリア・ノヴェッラ教会
S. Maria Novella
ドゥオーモ
(花の聖母マリア大聖堂)
Duomo(Santa Maria del Fiore)
VIA PROCONSOLO
プロコンソロ通り
VIA DELCORSO
コルソ通り
サン・ピエロ・マッジョーレ教会の跡
サンタ・トリニタ橋
Ponte S. Trinita
バルジェッロ国立博物館
Museo Naz. d. Bargello
サンタ・クローチェ教会
Santa Croce
ウフィッツィ美術館
Galleria degli Uffizi
ヴェッキオ橋
Ponte Vecchio
国立中央図書館
Biblioteca Nazionale
アルノ川
FIUME ARNO
VIA GUICCIARDINI
ピッティ宮
ボーボリ庭園
ミケランジェロ広場
Piazzale Michelangelo
モンテ・アレ・クローチ
Monte alle Croci
サン・ミニアート・アル・モンテ聖堂
Chiesa di San Miniato al Monte
N
0
500m

前世への冒険

第一章　旅のはじまり

1　不思議な女性

一本の電話

こんなに長い旅になろうとは、予想していなかった。

一九九二年四月二十五日。

その朝、私は東京発七時十五分の新幹線で、編集者やカメラマンと一緒に京都へ向かった。京都市北区にある喫茶店に到着したのは、ちょうど午前十一時。私たち一行がどやどやと入っていくと、奥のテーブルで、白い顔がこちらを振り返り会釈した。

はじまりは、「家庭画報」編集部からの一本の電話だった。

「京都に、人の前世が見えるっていう女性がいるんです。その人に森下さんの前世を見てもらって、感想を体験記にまとめて欲しいんですよ」

仏教では、人間は死んでも何回も生まれ変わるとされている。その「過去の人生」を「前世」という。

「前世ねぇ〜」

私はふふんと笑った。

世の中には、普通の人には見えないものを見たり聞いたりする特殊な能力の人がいるといわれるが、そういう人たちは結局、思い込みが激しいか、あるいは、他人の注目を浴びたくて、意識的にせよ無意識にせよ、嘘をついているのだと私は思っている。

それに、第一、「前世」というのは仏教の架空の話ではないか。「前世の報い」は悪事を戒めるため古の人が考え出したフィクションなのだ。

「前世が見える」だなんて……。

どうせ根も葉もない作り話を聞くことになるのはわかっていた。

それでいながら、ふと、子供の頃、母から聞いた話を思い出し、懐かしくなった。

私が生まれた時、乳飲み子の私を見て、近所の人たちが、

「不思議だねぇ。義雄ちゃんにそっくりだ。この子、義雄ちゃんの生まれ変わりかもしれないね」

と、噂したというのだ。義雄というのは、私が生まれる前に若くして死んだ叔父だ。

その話を聞いて、幼な心に不思議な気持ちになったのを覚えている。

もしかすると、私は前にも生きていたのだろうか？

中学生の時、生まれて初めて来た旅先で「この景色は、見たことがある」と、思った。

その時も、

（私は、昔も生きていたのだろうか）

と、考えた。

（もしも、私が誰かの生まれ変わりだとしたら、どこで、どんな人生を送っていたのだろうか）

と……。

私は取材を引き受けた。

その京都の人は、私を見て、どんな前世を言うだろう……。


喫茶店の奥のテーブルですっと立ち上がった女性は、小柄だが、華やかに見えた。清水広子さん、四十六歳。紺色のミニドレスで、髪は明るい栗色のマッシュルームカット。色白で雛《ひな》人形のように日本的な顔立ちだが、下瞼《したまぶた》のまつげの際にくっきりと引いた黒いアイラインが、古代エジプトのまじない師のそれのように妖《あや》しく見えた。

挨拶や名刺の交換が済むと、私は彼女の隣に腰掛けてノートをひろげ、いつものようにインタビューを始めた。

――清水さんが生まれたのは静岡県の伊東。家は裕福で、弁当屋を手広く営んでいた。

彼女は三歳から松竹映画に子役として出演し、高峰三枝子の子供役などを演じた。子供心に、

「なんで他の子と違うことをしなきゃならないんだろう」

と思ったこともあるが、まわりにいつも、佐田啓二、美空ひばり、坂口安吾、高見順など、映画スターや作家という華やかな人々がいて可愛がってくれるのが嬉しかった。映画「黒船」の撮影で来日したジョン・ウェインにも会ったことがある。

その頃の彼女が他の子供と変わっていたことと言えば、トップスターの体のまわりに、いつも真っ白い光が巻きついて見えていたことだった。それが大勢の人の中にいても、真っ白く光って見える。ところが中には、胸や足元に、蛇のような黒い影がまつわりついている人がいる。そういう人は、なぜか事故や病気で亡くなったり、不運にみまわれた。けれど、それが自分の特殊な能力だとは気付いていなかったという。

ある人に勧められて中国の五経の一つである「易経《えききょう》」を読み、四柱推命の勉強を始めたのは、十八歳の時だった。京都にある美術系の短大に進学して日本画を学び、二回生の時、京都の老舗《しにせ》の跡継ぎと結婚。女の子を二人、産んだ。その娘たちもすでに成人し、清水さんは現在、空間デザイナーの仕事をしている。

奇妙な映像が見えるようになったのは、三十代半ばのある日であった。時々、目の前にいる人の姿に何かの残像のようなものがかぶさって見える。

「乱視になったのかと思った」

しかし、どうやら、ただの乱視ではなかった。昔のパリの市民が見えたり、中国の商人や、武士が見えたりする。耳なりのように、声や音が聞こえる時もある。自分は病気になったのではないかと心配したという。

しかし、そういうことを何度か経験するうちに、映像はその人の「前世」の姿なのだということがわかった。子供の時、スターの体のまわりにいつも真っ白い光が見えたことを思い出した。あの能力が、四柱推命の修業を長年続けてきたことで磨かれたのだろうと彼女は自分なりに解釈した。

しかし、友達はみんな、

「前世だなんて、また、そんな夢物語みたいなことばかり言って……」

と嗤《わら》う。だから、最近はあまり言わないようにしている——。

清水さんの話は、たびたび脱線し、取材はなかなかはかどらない。彼女は何時間も語った。大きな四角いトルコ石の指輪をはめた白い指先では、いつも煙草の細い煙がゆるゆると立ちのぼっている。そして、彼女は不意に、まるで同じ話の続きのような、実に何気ない声で、

「あなた、外国人やったんやね」

と、呟《つぶや》いた。私はメモを取る手を止め、顔を上げた。

「……私が、ですか？」

彼女は指先で落ちそうになっている煙草の灰を払おうともせず、テーブルにじっと視線を落としたまま黙って頷《うなず》いた。下瞼のアイラインがひときわくっきりと見えた。いよいよ「前世」の糸口がほどけ始めるらしい。編集者とカメラマンが素早く視線を交わし、私は身を乗り出した。

「外国人って、何人《なにじん》ですか？」

「こうして並んでいて、さっきからあなたの霊波をとっているんだけど……船で来たんやわ。あなた、前世は中国のお坊さん、学僧だったね」

「……ということは、男だったんですね？」

「あなたはずーっと、男だった……唐の時代、それも一番栄えた盛唐の時代やね」

彼女は、こちらの質問に答えるよりも、見えることを先に話したがっているようだった。たずねたいことはいっぱいあったが、今は見えている私の前世について、そのまま聞き続けた方が良さそうだ。

「鑑真和上《がんじんわじよう》の弟子と一緒に、船で大陸から渡ってきてるね」

「えっ、あの鑑真？」

「そう」

「鑑真和上」は、日本史の教科書にも載っていた。奈良にある唐招提寺《とうしようだいじ》の開祖で、天平時代、日本に仏教の戒律を伝えた中国唐代の高僧である。日本への航海のたびに時化《しけ》で難破すること五度。六度目にやっと鹿児島県坊津《ぼうのつ》に到着するまでに十二年の歳月がかかった。その間に三十六人の弟子を失い、日本に着いた時には自らも失明していた。

「鑑真和上……の弟子かぁ〜」

作り話を聞かされることはわかっていたが、あまりに安易で力が抜けた。教科書にも載っている人物を出してくるなんて……。

「あなた、なにせ唐招提寺に深いゆかりのある人よ。……文章も書いてるけど、しょっちゅう絵も描いてはる。へぇ、絵うまかったやん」

でたらめな思いつきを並べているのだろうに、まるで今、テレビでその場面を見ているようにしゃべる。

「……」

私は修学旅行の時、唐招提寺で見た「鑑真和上坐像」を思い出そうとした。前世の師であり、一緒に命がけの船旅をした仲だったら、その顔に、かすかな心当たりくらいあってもよさそうな気がする。しかし「鑑真和上坐像」の顔そのものが思い出せない。何だか、「かつおぶし」のように煤《すす》けた木の像だったような気がするが……。

私は鑑真の弟子!?

「どうです、森下さん。前世に思い当たるものはありましたか？」

東京へ帰る新幹線の中で、編集者が缶ビールを片手に感想を聞いてきた。私は、

「ぜんぜん」

と、そっけなく首を横に振って、二本めの缶の栓を開けた。

「まったく、ぜんぜん、ですか？」

彼の表情が、言葉の柔和さとは裏腹に一瞬険しくなった。原稿にならないと困ります、と目で釘を刺してくる。私は少し口ごもった。

「……そりゃ、無理やり結びつけようと思えばね。日本人は誰だって一つや二つ、中国と結びつくものがあるんじゃない？」

私は高校時代から、漢詩の中でも唐詩が好きだった。好きな詩人は王維《おうい》。私の本棚には「唐詩選」が並んでいる。中国の染付けの陶器も好きで、部屋には「蓮」と「孔雀《くじゃく》」を描いた景徳鎮《けいとくちん》の大きな瓶が二つ並んでいる。

そういえば私はなぜか、たびたび中国人から「中国人」に間違えられる。

「アナタ純粋ノ日本人ジャナイヨ。中国人ノ血ガ入ッテルヨ。雰囲気デスグワカル」

などと、親しげに声をかけられるのだ。

「それに、森下さん、ほら、船にも縁があるじゃないですか……」

と、編集者が付け加えた。以前、イラン・イラク戦争下のペルシャ湾を取材するために、タンカーに同乗したことだ。

けれど、唐詩が好きで、時々、中国人に間違われることがあり、船に乗ったことがあるから、どうだというのだろう……。

「それだけで、私は鑑真和上と一緒に船で中国から渡ってきたんだ、なんて信じられると思う？」

「でも、たとえばですよ、森下さんが今日、清水さんから言われたことを、そっくりそのまま僕が言われたとしても、僕には、今、森下さんがしゃべったような心当たりすらありませんよ。それって、不思議じゃないですか？」

と、とりなすように彼は言った。

その晩のことだった。時刻は十二時をまわっていた。ベッドでうとうとしていると、ファクスの呼び出し音が二回鳴った。カタカタカタカタと送り出されてきたのは、清水さんからの手紙だった。

「あとで突然、レム状態になって、その日に会った人の前世がものすごくはっきり見えることがある」

というので、帰り際に、

「原稿を書くのに具体的なデータが必要だから、何か見えたら、何時でもいいからファクスしてください」

と、頼んでおいたのだ。手紙にはこう書かれてあった。


「森下さんの前世。

天平宝字《てんぴょうほうじ》三年、七五九年、唐僧鑑真の弟子、如宝《じょほう》という僧について奈良で唐招提寺金堂の整地をしている。天平尺十六尺の母屋《おもや》中央間を決めている。講堂の建物の整地でお経を上げている姿もはっきり見えている。

七四〇年ころの文化人で、宮廷に仕えていた高僧。七六〇年から七六四年までは、恵美《えみの》押勝《おしかつ》の一族の栄山寺の建造物の監督をしている。地鎮祭のようなことをしながら、製図を引いている。住んでいる場所は、新田部親王《にいたべのしんのう》という人が持っていた小屋のような場所。しょっちゅう筆で書のようなものを書き、屋根のそりを眺めたりしている。中国語と日本語の通訳で、職人を上手に使っている。一度、長安に二年ほど帰ったが、新しいデザインを持って再び渡来し、伽藍《がらん》の西部東部の経堂を建てた僧の一人。前山寺《さきやまでら》の近くで八世紀の後半、大勢の人に看取られて息を引き取る。日本では『如真麻《じょしんま》』という名前だったようです。その前（長安では）『伯易《はくえき》』という名前で、カンリンハカセという身分で宮廷に仕えていました。『クァンリーン』と音で聞こえるのですが、漢字がわかりません」

冒頭の、「天平宝字三年、七五九年」という年代の書き方が、いかにも歴史の本を調べて丸写ししたみたいだった。しかし、「如宝」「新田部親王」「恵美押勝」などという人物名は具体的で、

「天平尺十六尺の母屋中央間を決めている」

「筆で書のようなものを書き、屋根のそりを眺めたりしている」

という描写は、見たかのようだ。驚いたのは、

「日本では『如真麻《じょしんま》』、中国では『伯易《はくえき》』」

と、前世の名前まで指定してあることだった。寝転んだまま手紙を読んでいた私は、思わず起き上がった。

何度も読み返した。そのたびに、本当に見えたものを描写しているようにも、根も葉もない作り話のようにも、印象は玉虫色にころころ変わった。

私は、

「カンリンハカセという身分で宮廷に仕えていました。『クァンリーン』と音で聞こえるのですが、漢字がわかりません」

という最後の部分を読んで、広辞苑を引いた。

「かん・りん（翰林）」という単語が載っていて、こう説明されていた。

「①文書の集まっている所。②学者・文人の仲間。③中国の官名・官庁名。唐代に創設。翰林院・翰林学士の略称。『翰林院』は、中国で、唐の玄宗の時以来、碩儒・学者を召して、詔勅の起草、表疏の批答などをつかさどった官庁」

つまり、「翰林博（学）士」という役職は実際に中国に存在し、しかも「盛唐」と言われる玄宗皇帝の時代の官職であった。時代的には矛盾がない。

翌日、私は近所の図書館に行った。「原色版国宝1　上古　飛鳥　奈良Ⅰ」（毎日新聞社）、「日本美術全集　第4巻　東大寺と平城京　奈良の建築・彫刻」（講談社）など、大判の本をかかえてページをめくり、

「唐招提寺金堂の建立年代は明確ではないが、種々の観点から鑑真和上没後の宝亀《ほうき》年間（七七〇年〜七八〇年）とするのが妥当とみられる」

という文章を見つけた。金堂の造立者名は「少僧都唐如宝」。「少僧都唐」とは、中国人僧侶のこと、「如宝《じょほう》」は名前である。

清水さんの手紙に、

「天平宝字三年、七五九年、唐僧鑑真の弟子、如宝という僧について奈良で唐招提寺金堂の整地をしている」

と書いてあった人物だ。

「天平宝字三年」というのは、鑑真和上が唐招提寺の建立に着手した最初の年だった。この年に金堂の「整地」が始まり、和上没後、十数年から二十年の歳月をかけて、宝亀年間に竣工したことになる。この本によると、

「母屋正面中央間を天平尺十六尺とした」

という。

「天平尺十六尺の母屋中央間を決めている」

という清水さんの手紙の内容とピタリと重なる。さらに、唐招提寺の敷地は、

「新田部親王邸であった」

という。清水さんも、

「住んでいる場所は、新田部親王という人が持っていた小屋のような場所」

と書いている。

唐招提寺金堂について調べてみた限り、清水さんの手紙の内容と、図書館の資料との間にくいちがいは見つからなかった。前世の私であるという「如真麻」の名は出ていないが、唐招提寺の建設には、約八十名の唐僧が従事したと書かれている。その中に、もしかすると「如真麻」もいたのかもしれない。

私は如真麻が携《たずさ》わったという、他の仕事についても調べてみた。

「七六〇年から七六四年までは、恵美押勝の一族の栄山寺の建造物の監督をしている」

と、清水さんは書いている。かかえた本の目次をめくって、「栄山寺」を探した。栄山寺も奈良に実在していた。彼女の手紙にある通り、「恵美押勝一族の菩提寺」で、建立されたのは、

「天平宝字七年（七六三年）」

これも「七六〇年から七六四年」という手紙の年代内に収まっている。

しかも「原色版 国宝 1」によると、栄山寺は「古くは前山寺《さきやまでら》と呼ばれ」ていたという。「如真麻」が大勢の人に看取られて息を引き取った「前山寺の近く」とは、栄山寺の古い呼び名だったのである。

清水さんから送られてきた手紙の内容は、歴史的には、ただのでたらめではないらしい。しかし、本を一、二冊めくっただけで、簡単に裏付けできてしまったことが、かえって怪しかった。

（私たちが京都を発《た》ってから急いで歴史書を調べて、夜中までかかって、話を作り上げたんじゃないか？　そもそも彼女は、京都に暮らしているのだし、京都・奈良界隈《かいわい》の神社仏閣や歴史には、初めから詳しかったのかもしれない。そういえば、美術系の短大を卒業したと話していたっけ。そうか。最初から仏教美術や建築に明るくて、新田部親王や恵美押勝という古代史の人物を登場させるくらい、朝飯前だったのかもしれない）

再び京都

あまりに胡散臭いこれではとても原稿を書く気になれなかった。こうなったら『枯木も山のにぎわい』だ。いっそ、他の前世も聞き出して、ずらりと並べて書いたらどうだろうと考えた。

清水さんは、きのう私に、

「あなたはずーっと、男だった」

と言った。「ずーっと」ということは、一度ならず、何度か男に生まれたということだ。それが心に引っかかっていたのだ。

その日の昼すぎ、京都に電話をかけた。前日の礼を述べた後、質問してみた。

「ところで、私は何回、生まれ変わったんでしょうか」

「あなたは多分、今回が五度めだと思う」

「……ということは、つまり、中国の僧侶だった他にも、三度どこかで生まれてるということですね？」

「そう」

「その前世も、見えますか？」

と、たたみかけると、彼女は、

「あなた、どこか気になる場所とか、好きな建物とか、なぁい？」

と、反対に私に尋ねてきた。

「は？」

「……というのはね、私はきのう京都であなたに会ったから、あなたの御魂《みたま》さんと関西との縁が見えたんだと思うの。ところが、他の前世はまったく見えなかった。きっと、あなたはどこか遠い場所、多分、外国人だったんじゃないかと思うのよね」

「………」

「どこか好きな場所とか、気になる場所、あるんじゃない？」

なんだ、こっちからヒントを出させて、また話を作るのか、と拍子抜けし、少し腹が立ってきた。

（いいわ。それならこっちにも考えがある）

「好きな場所」なら、改めて考えるまでもなかった。

私が初めてイタリアへ行ったのは、十九歳の時だった。

その時、ローマで、古代ローマの中心地フォロ・ロマーノの遺跡を見た。丸くすり減った石畳の道を見ているだけで、そこで何が行われたか想像できた。将軍が戦車に立って緋《ひ》の衣を翻《ひるがえ》しながら凱旋《がいせん》パレードを繰り広げる。その戦車の轍《わだち》のきしみ。長い遠征に疲れきった兵士たちが、白い埃《ほこり》にまみれた革のサンダルで行進する。そして、罵声《ばせい》を浴び、鞭《むち》打たれながら引かれていく捕虜たち。その足に繋がれた重石が石畳の上を引きずられる鈍い音が、生々《なまなま》しく聞こえるような気がした。

それ以来、イタリアは私にとって特別な国になった。また行きたいと憧《あこが》れ続け、三年前にフィレンツェ、ベネチア、フェラーラ、シエナなどを一ヶ月旅行した。イタリアで暮らしたいと本気で考え、イタリア語を習ったこともある。

しかし、私は清水さんにそういう情報を一切与えなかった。ただ、

「イタリアです……」

と、だけ答えた。

「イタリアから持ってきた石か、お土産物か何かある？　いつもそばに置いて、時々眺めては、思い出に浸っているような……」

すぐに脳裏に浮かんだのは、ベネチアから船で三十分ほどの、ムラノ島という島から買ってきた、ベネチアグラスの小さな瓶だった。首の細いブルーの縦縞《たてじま》模様の瓶で、私はそれに花を一輪挿して、いつも玄関に飾っている。髭《ひげ》をもじゃもじゃに生やした土産物屋のおじさんが、指で色違いの三種類の瓶を一つずつ、芝居がかった手つきでつまみ上げて、

「これがいいかな？　こっちかな？」

と、私の顔をのぞきこんだ、その表情を覚えている。店の前がすぐ船着き場で、岸壁に腰かけて、海を眺めながら血のように赤いオレンジを食べたことも……。

「小さなガラス瓶があるんですけど、そんなもので、わかりますか？」

「いつも、そばに置いてる？」

「ええ。一輪挿しにして、玄関に……」

「……多分、それがあれば見えると思うわ」

「じゃあ、明日の朝、そのガラス瓶を持ってもう一度行きますから、もう一回、前世を見てください」

と、強引に頼んだ。

日をあけずに「明日の朝」と急いだのは、原稿の締め切りが迫っているからだけではなかった。清水さんに下調べをする時間を与えまいという計算があった。

(さあ、「イタリア」をヒントに、どんな前世をでっちあげるのか、お手並みを拝見しましょう)

と、思った。

「わかった。明日の朝、見るわ」

走る文字

翌朝、私は二日前に乗ったのと同じ時刻の新幹線で再び京都へ向かい、指定された喫茶店で、今度は一人で清水さんを待った。鞄《かばん》の中には、取材用のノートの他に、割れないようにエアーマットで包んだガラス瓶を持参していた。

約束の時間を少し過ぎた頃、ハイヒールに二日前と同じ紺色のミニドレスで彼女が入ってきた。その後ろに、髪を七・三に分けた痩《や》せ型の中年男性がいた。

「うちのパパです。たまたまきょう休みやったから、車の運転してくれるって」

ご主人は、私の前に立って、

「森下さん、えらい大変なんと関わらはりましたなぁ～。うちの女房は、魔女です」

と、笑い、それからスッと真顔に戻って、

「私は、占いとか、前世とか、そんな非科学的な話、一切信じてませんし、そんな話、聞くのも、嫌いです」

と、言った。ご主人が霊感や占いに対して懐疑的、いやそれどころか頭から否定的な、ごく普通の男性だったことに、内心ホッとした。

「持ってきたガラス瓶、見せて……」

私は鞄から包みを取り出すと、かさかさとエアーマットを解いて、清水さんの手に渡した。

「あら、軽い。手吹きガラスやね」

彼女はそれをテーブルに置き、温度でも計るように、そのまわりにいろいろな方向から両手をかざして、

「火ですごく浄化されてるし、海を強く感じる」

と、呟いた。

それから、私たちは、ご主人の運転する車で、比叡山のつづら折りの山道を越え、滋賀県大津市の寺へ向かった。

「お護摩《ごま》の火のそばで、午前中に見るのが一番いいの。火に透《す》かせばバッチリ見えるし、見た後も、体がダルくなったりしないで済むの」

という彼女の隣で、ご主人は、

「僕にはどーも、わかりませんなぁ～」

と、素っ気ない声を一度出したきり、あとは「我、関せず」という顔で、黙ってハンドルを握っていた。寺の前で、清水さんと私が車を降りると、ご主人は、

「一時間くらいで、ええか？　ほな、一時間後に、ここで待ってるわ」

と、そのままどこかへ走り去った。

玉砂利を踏みしめながら境内の奥へ進むと、本堂の中から、地を這うような読経が流れてきた。同時に線香のかおりに包まれた。

「ほら、お護摩が始まってる……」

彼女は声をひそめ、本堂の奥が見える境内の木のベンチに私と並んで腰を下ろした。暗い本堂の床には、隙間なく座蒲団が並べられ、お年寄りや中年のご婦人方の、きちんと正座した背中が並んでいた。一見、法事のように見えるが、奥の祭壇では、オレンジ色の炎を上げて火が燃えさかっている。その火を前に、立派な袈裟《けさ》の僧侶が、

「ナーマクサーマンダーサラナン……ナーマクサーマンダーサラナン……」

と、梵語《ぼんご》の呪文のようなものを唱えている背中が見える。テレビの時代劇で見たことのある「加持祈禱《かじきとう》」が行われていた。

本堂の右の黒板に、「ナーマクサーマンダーサラナン……」と、カタカナを書いた大きな模造紙が貼ってある。

「さっきのガラス瓶、出して……」

彼女は、それを私の手に持たせ、他の参列者と同じように、

「ナーマクサーマンダーサラナン……」

と、繰り返し唱えた。

五分ほどたったころだ。

「来てる……」

短く呟いて、ハンドバッグの中からごそごそと縦長のスケジュール手帳とボールペンを取り出し、手帳のページを繰って、余白に何か書き始めた。

チラッと横目で覗くと、まず、

「della　Robbia」

という綴《つづ》りが飛び込んできた。「デラ・ロッビア」と読める。イタリア語のようだが、意味はわからない。やはり、私の前世はイタリア人だったというつもりだろうか。

カタカナ、イタリア語、漢字、算用数字をとりまぜ、意味のわからないいろいろな単語をかなりのスピードで書き散らしていく。それは、空耳や妄想だとは思えないほど、具体的なメモだった。

「ポルトガル、ポルト、ピゴ、ルーカ・デラ・ロッビア、工房、テラコッタ、タイル、施釉、アンドレア、枢機卿《すうききけい》礼拝堂、天井テラコッタ、ブルー、白、白い鳩、ペスト、コズマ、12～13、床、モザイク、アントニオ、ロッセリーノ工房、ろっせりーの、ベルナールド、

1409~64、マネッティ、設計者、サン・ミニアート・アル・モンテ聖堂、1459、ローマ、ブルゴッシュ、リヨン、絹物、デジリオ・ダ・セッティニャーノ、8、お供、ローニャ、ベネチア、アヴィニヨン、ブルージュ、コジモ・メディチ、Cappelle Medicee 愛人、Miche……gello、ロレンツォ・メディチ礼拝堂、Biblioteca Laurenziana……」

　ちゃんと読めるメモばかりではなかった。何かを写し真似たようにぎこちない筆跡の、読み取りにくい文字。書き損ねて途中で止め、横なぐりの線で消した単語。「↓」や「?・」の記号が、あちこちに躍っている。

　彼女は、ボールペンを握った手を何度も止め、騒音の中で何かを懸命に聞き分けようとしているかのように、時おり眉を寄せ、耳をすました。本堂の火の方をチラッ、チラッとうかがいながら、メモを取ることもあった。

　手帳の五、六ページめに入ると、同じ言葉の繰り返しが多くなり、書くスピードが段々遅くなってきた。

「Rossellino、Rossellino、Rossellino……」

　と、同じ単語が五回繰り返されたのを最後に、手は止まった。そして、前のページをパラパラと見返し、手帳を閉じて、

「しまっていいよ」

　と、ガラス瓶を指した。

読経も止んだ。

「すごいよ、森下さんの名前バッチリ出てきた。あとで話すね。やっぱり今日は私、冴《さ》えてる……」

彼女はこそこそと私に耳打ちして、手帳をハンドバッグにしまい、頭を垂れて合掌した。

寺を出たところで、ご主人と落ち合った。再びご主人の車で比叡山を越え、京都に戻る

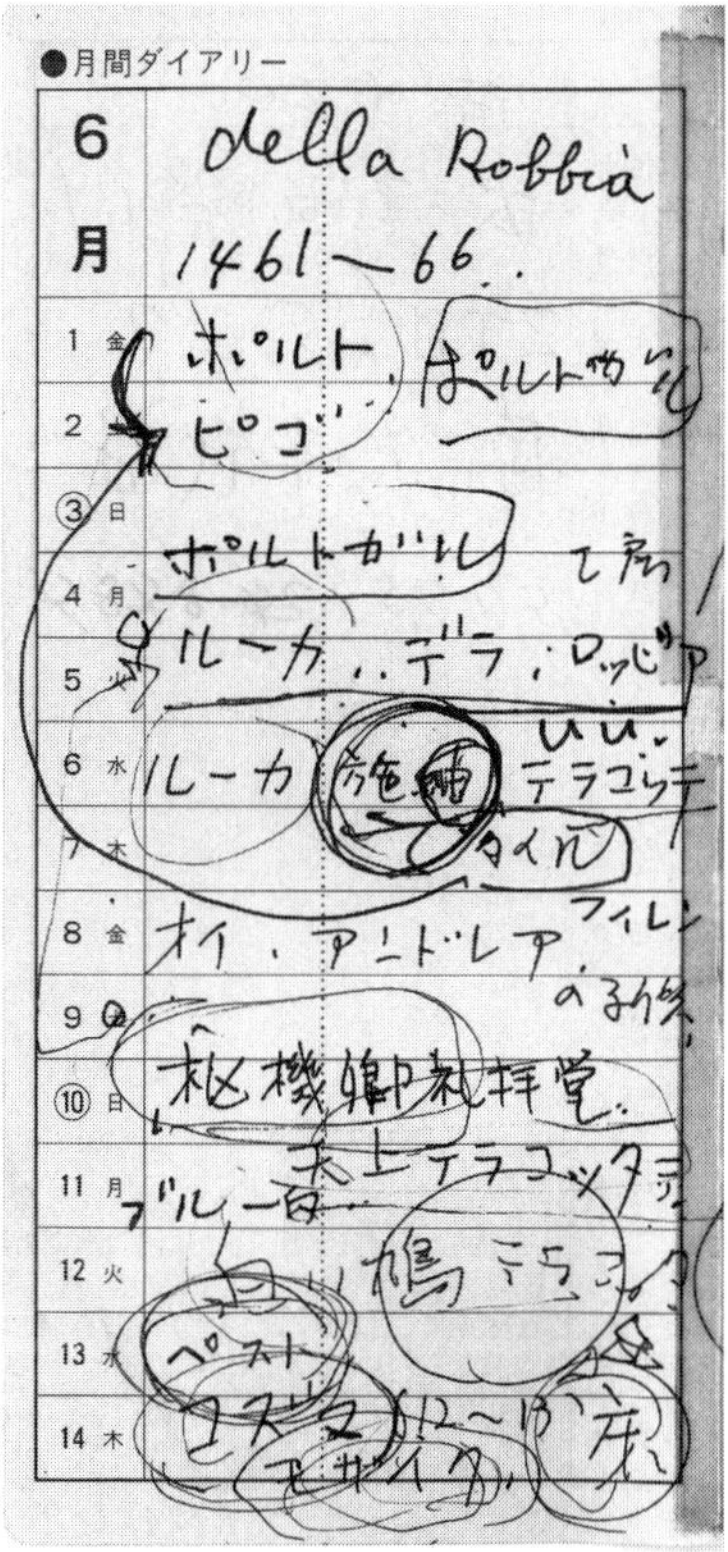

「della Robbia 1461-66 ポルト……」。加持祈禱のかたわらで、清水さんはメモ帳にペンを走らせた（写真はその一部）。

間も、彼女ははしゃいでいた。

「すごい、おもしろい前世やん。今日は冴えてた。やっぱり昨日、肉食べなかったんが、よかったんやな。肉食べると、気が濁って駄目なのよ。パパ、私、今朝、目が覚めた時から、調子いいって言ってたやろ」

「ふん。なんや、言うてたな」

ご主人も頷いた。北山通にある静かなレストランに着いたのは一時間後。その窓際の燦々《さんさん》と日の当たる席で、彼女はさっきの手帳を再び取り出した。

そして、いよいよ私の前世を物語り始めたのである。

2　疑惑

その名はデジデリオ

「清水さんの話（要約）」

――一四三〇年、あなたはポルトガルのポルトという海に近い町で生まれた。名前はデジデリオ。女の子のようなきれいな顔をした、華奢《きやしゃ》な少年だった。

産みの母はポルトの町の娘。

ある日、偉大なる枢機卿とその兄が、やってきた。デジデリオは、ポルトガルの王族が、町娘に産ませた私生児だった。「枢機卿とその兄」は、王家の人たち。彼らは、町の女の産んだ「外腹の兄弟」を迎えに来たのだった。

デジデリオは大人に手を引かれてポルトの教会に行き、木でできたアーチ型の梁《はり》の下にひざまずいて、頭に白いマフラーのような布をかけてもらった。布の陰に、栗色の巻き毛と女の子のような横顔が見え隠れしている。洗礼式か、いやおそらくは航海の無事を祈ったのだろう。デジデリオは再び手を引かれ、渡し場から船に乗った。

彼は聖歌隊に入れられた。いずれ法王か有力な聖職者の目に留まったら、寵愛《ちょうあい》を受ける小姓にする心づもりだった。そうなれば、一生安泰に暮らせる。

当時、聖歌隊では、変声期を迎える前の少年に去勢手術をしていた。けれど、手術を受ける前に、デジデリオは聖歌隊をやめている。歌の素質はなかったから。彼は音痴だったのである。

彼は絵の上手な少年だった。来る日も来る日も、絵を描いていた。やがて、イタリアのフィレンツェに連れて行かれ、石工の家へ預けられることになった。

その頃、フィレンツェは、ルネサンスの時代を迎えていた。ルーカ・デラ・ロッビアという有名な親方《マエストロ》がいた。ロッビアの工房は「彩釉《さいゆう》テラコッタ」という独特の技術で知られていた。これは陶板に彫刻し、ガラス性の釉薬《ゆうやく》で色を付けたもので、その技術はルーカの甥のアンドレアに秘伝として受け継がれ、一世を風靡《ふうび》した。

そのロッビア工房のライバルに、ロッセリーノ工房があった。その工房には、ベルナルド・ロッセリーノという彫刻家がいた。ベルナルドは、一四〇九年生まれで、一四六四年に死んだ。ベルナルドには、アントニオ・ロッセリーノという、やはり彫刻家の弟がいて、デジデリオはこのアントニオと、従兄弟《いとこ》のように親しかった。

デジデリオは彫刻家として、アントニオに協力していたし、二人で材料の仕入れのために、ローマ、ベネチア、アヴィニヨン、リヨンへも旅をした。この時、デジデリオはベネチアで、妻への土産にガラス細工の首飾り、リヨンでは絹の布地を買った。デジデリオの妻になった女は、ブルージュという町の商人の娘だった。

《清水広子さんの話によるデジデリオの人間関係》

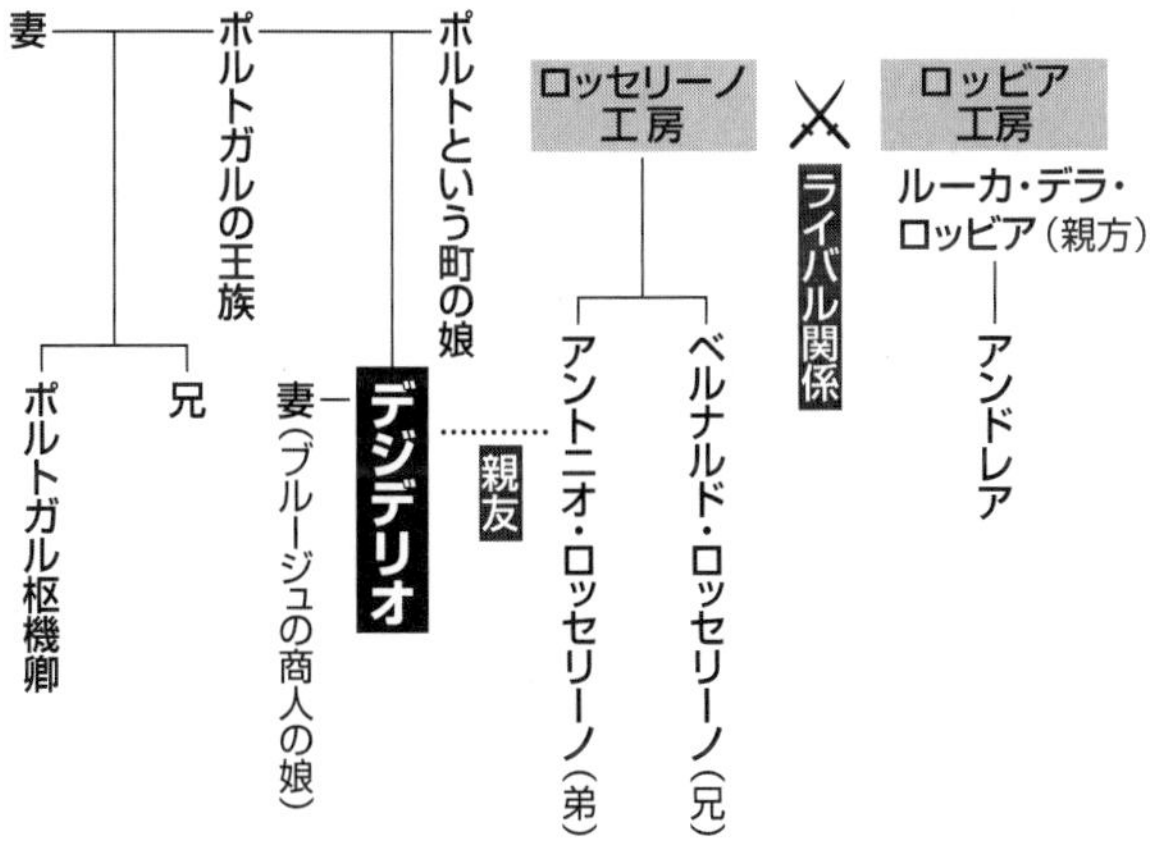

彼はやがて自分の工房を持ち、人気彫刻家になった。フィレンツェの人々は、彼を「デジデリオ・ダ・セッティニャーノ」と呼んで、もてはやした。

しかし、デジデリオには、男の恋人がいた。彼は同性愛者だったのだ。

相手はフィレンツェの貴族で、プラトン・アカデミーという文化サロンの中心にいる大変有名な人物だった。ラテン語はもちろん、ヘブライ語も話せる秀才。北欧人のようなブロンドで、すらりと背の高い、立派な体格の美丈夫だった。だから、女性からも誘惑が多かったが、彼はデジデリオを熱愛していた。

もともとデジデリオの結婚は、彼が同性愛者であることを知っていたアントニオが心配して、ブルージュの娘を強引に世話したものだった。妻との間に子供もいたようだが、それは見えない。

一四六四年、デジデリオは、結核でこの世を去った。わずか三十四年の命だった。最期は、男の恋人に看取られて息を引き取った。

恋人は、デジデリオの死の床で祈り続け、たくさんの涙を流しながら、

「神は私の魂を半分もぎ取られた」

と嘆いた。

「デジデリオの作品を見たければ、モンテ・アレ・クローチにあるサン・ミニアート・アル・モンテ聖堂へ行け」

声がそう呼んでいる。鮮やかなブルーの丸いタイル地に、翼を広げた白い鳩の模様が見える……。

これが、清水さんの物語った「私の前世」だ。

デジデリオ・ダ・セッティニャーノ……。聞いたこともない名前だった。嘘か真実《まこと》か見当の付けようもなかった。だけどあまりに具体的だったのに驚いた。彼女の隣で、黙って聞いていたご主人も、

「気のせいとちがいますかねぇ」

と、首をかしげた。彼女は、メモした手帳のページをその場でビリビリと切り取り、私にくれた。

「汚い字だから恥ずかしいけど。これ、こういう綴りで合ってる？　ラテン語だか、イタリア語だかわからないんだけど、花文字っていうの？　飾り文字みたいなきれいな筆記体の文字が、まるで巻物を広げるみたいにシューッと流れて見えたのよ。時々、漢字や英語も見えたりするの」

ご主人は、もう付き合いきれないというように、肩をすくめて窓の外に目をやった。

手渡されたメモを改めて見ると、ぎこちない筆跡ではあるが「Ｂｉｂｌｉｏｔｅｃａ《ビブリオテカ》」（図書館）、「Ｃａｐｐｅｌｌｅ《カッペッレ》」（礼拝堂）などの単語が躍っている。イタリア語をかじったことのある私は、そのスペルが正しいことがわかった。私は、メモから目を上げた。

「イタリアには、よくいらっしゃるんですか？」

彼女は、けろっとした顔で、

「行ったことないよ」

と首を振った。私が疑っていることに気付いている様子だが、気を悪くしたふうもない。

「私、空間デザイナーの仕事してるし、スウェーデンとパリとロンドンには行ったことがある。パリに行く時、飛行機の乗り換えでローマの飛行場に降りたことがあるけど、入国しなかった。イタリアは嫌いだもん。なんか、ものすごい血なまぐさい感じがするやん」

「そうですか……」

私は、それ以上聞かなかった。後で調べれば、わかることだ。

いずれにせよ、これだけ具体的なデータがあれば、原稿の材料としては充分だった。

それにしても、「若くして死んだフィレンツェの人気彫刻家」とは……。悪い気はしないが、いささか、こそばゆい。

「人ちがいじゃないですか？　今の私と、違いすぎやしませんか？」

照れ隠しに言うと、

「あなた、前世では才能があったし、きれいだったし、男からも女からもちやほやされて愛されたんやけど、欲情にまみれて享楽的な人生を送ったから、今世で格が落ちたんや」

「え？」

「がっくり落ちてる。あるのよ、そういうことって」

「……」

バッサリと斬られて二の句がつげず、私は思わず苦笑いした。

「おかげで、原稿のネタは充分できたし、もう一度京都まで来た甲斐《かい》がありましたよ」

と、礼を言って、席を立とうとしたその時だった。清水さんは、奇妙なことを口にしたのである。

「ところでね、あなたと愛しあってた同性愛の貴族のことやけど、その人も今、生まれ変わってるよ」

「え？」

一瞬、胃をギュッとつかまれたような気がした。

「いるって、どこにいるんですか？」

「日本に……。あなたと同じような仕事してる」

「えーっ、うそー！」

「本当よ。彼はデジデリオに執着してたの。だから今世でも同じ時代の、同じ日本に、しかも同じ業界で仕事する人に生まれたんやねぇ～」

清水さんは一人の作家の男性の名を口にした。

「え——っ⁉」

「あなた、そのうち会ってみたら？」

「まさかぁ！」

同じ業界とはいえ、その人は、マスコミを通して見る遠い存在だった。その人と私が、前世で同性愛の恋人だった⁉　私は吹き出し、それから急に白けた気分になった。こんな常軌を逸した話を真面目に取材している自分が恥ずかしくなった。私はそそくさと席を立った。

光と影の彫刻家

ゴールデンウィーク直前の四条通は、平日だというのに、人があふれていた。四条京極で清水さんと別れた私は、その足で河原町までぶらぶら歩いた。ふと、祇園《ぎおん》の入口に本屋があったはずだと思い出した。イタリア・ルネサンス関係の本も置いてあるかもしれない。

（ちょっと見てみようか……）

人波に押し流されるまま、祇園方面へ足を向けた。

その本屋の「美術」という札の掛かった棚に、日本放送出版協会の「NHKフィレンツェ・ルネサンス」というシリーズが並んでいた。ハードカバーの豪華な本で、六巻に分かれていた。

一冊手に取って目次を広げ、清水さんの話に登場した人物名に少しでも似た名前がないかと見出しに目を走らせた。

ギルランダイオ、フィリピーノ・リッピ、ジュリアーノ・デ・メディチ、ボッティチェッリ、サヴォナローラ。

書棚にしまっては、次の巻を取り出して目次をめくった。

アンドレア・ピサーノ、ジョット、レオナルド・ダ・ヴィンチ、ミケランジェロ、ラファエッロ、フラ・アンジェリコ、ウッチェロ、ポライウオーロ、ヴェロッキオ、ロレンツォ・ディ・クレディ、ブルネレスキ、ロッビア。

通り過ぎようとした視線が、ある名前の上で泳いだ。その見出しは、

「優美なる彫刻家の系譜　ロッビア一族」

というものだった。

「ロッビア……？」

そのページを広げてみた。

「ルカ・デラ・ロッビア」

という名前が、そこにあった。

取材カバンの中から、もらったメモを取り出す手の動きがもどかしく感じられた。そこには「ルーカ・デラ・ロッビア」と文字が躍っている。

「ルーカ」と「ルカ」。表記がわずかに違うだけで、間違いなく同一人物である。つまり、登場人物の一人が実在したのである。胸の奥に、軽くさざ波が立った。

ならば、他の人物も実在するのだろうか?

私は前後のページを、用心深く目で探した。十ページ先で、再び目が釘づけになった。

「ベルナルド・ロッセリーノや、その弟アントニオ・ロッセリーノ」

「ベルナルド・ロッセリーノ」も「その弟アントニオ」の名も、メモに登場した。そして、その次の行を見た時、私は息をのんだ。

「デジデリオ・ダ・セッティニャーノ」

そこに「前世の私」がいた!

「…………」

一瞬、雲の絨毯《じゅうたん》を踏んでいるようなふわりとした感覚に襲われた。足が地につかない……。

私は何かを振り払うように、頭を横に激しく振った。メモの内容はどうだろう……。本を一行一行凝視し、メモと見比べた。

ルカ・デラ・ロッビアが「彩釉テラコッタ」という技術を得意とし、その秘伝が「甥」

の「アンドレア」に継承されたこと。デジデリオが三十代半ばで早世したこと。ベルナルド・ロッセリーノやデジデリオ・ダ・セッティニャーノの生年と没年……。

メモの中身は、生年没年の数字まで、本の記述とほぼ一致していた。

（すごい……）

頭がカーッと熱くなったが、同時に、真っ黒い疑惑がもくもくと私の中に広がった。

（馬鹿な！　こんなこと、あるわけがない。こんなに本とそっくりだなんて……。さては、この本がネタ本か？　彼女はゆうべ、この本と首っぴきで、ねじり鉢巻きで人名や年号を暗記して、それをしゃべったんじゃないか？）

その時、手から本がすべり、がさっと床に落ちた。表紙の聖ペテロの目が、じっと私を見つめていた。

反射的にレジを振り返ると、店番のおじさんの眼鏡越しの目と合った。拾った本を胸に抱きかかえ、そのままレジへ直行して代金を払った。いつの間にか、掌《てのひら》がひどく汗ばんでいた。

東京へ帰る新幹線の中でその本をじっくりと読んだ。

「フィレンツェ・ルネサンス2」八〇～八一ページより抜粋
「光と影の彫刻家デジデリオ」
「『麗しのかくも甘美にうつくしきデジデリオ』。ラファエッロの父ジョヴァンニ・サンティの『韻文年代記』でこう謳《うた》われたデジデリオは、（中略）フィレンツェ近郊の石工一族の出で、一四五三年に石工・木工師組合に入会、一四五七年頃にはサンタ・トリニタ橋の近くに兄とともに工房を構えていた。／三十代半ばで夭逝したデジデリオは、『天性の優美さや愛らしさ』に優れ、特に『女性像や少年像に、繊細で甘美で魅力ある作風』（ヴァザーリ）を実現しえた、類いまれな彫刻家であった。代表作は『サクラメントの祭壇』と『カルロ・マルズッピーニ墓碑』」

落ち着いて読んでみると、清水さんがこれをネタ本にしたという推理だけでは説明のつかないことがあるのに気付いた。この本には、デジデリオの出身は、

「フィレンツェ近郊の石工一族の出」

と書いてあるだけだ。

「ポルトガルのポルトで生まれた私生児」

などという話は、影も形もないのである。

「聖歌隊に入ったが、素質がなかった」

というエピソードも、

「同性愛の恋人がいて、最期は彼に看取られて息を引き取った」

ことも、病気が「結核」だったことも見当たらない。

彼女のしゃべった物語の方が、はるかに詳しく、込み入っていた。

（なぜだろう……）

護摩火の前で、何かを聞き取ろうとするように神経を集中しながらメモをとっていたあの横顔を思い出した。私は並んで座って見ていたのだ。あの時、何かを写しとるようにして書いたイタリア語のぎこちない綴り、年号、かなり複雑に入り組んだ人間関係。

前世を見ることを商売にしているわけでもない人が、果して、こんなに細かく年号やイタリア語を覚え、演技までして見えるふりをするものだろうか？ よしんば彼女に、世間の注目をあびたい野心があるとしても、わざわざ込み入った話を付け足すような間尺に合わないことをする必要がどこにあるだろう。

（では、彼女には、本当に前世が「見える」のだろうか。デジデリオという男を本当に見たのだろうか……？）

私は、デジデリオの人生と、自分自身の人生を、二枚の透かし絵のように重ね合わせてみた。

揺れる心

デジデリオが生まれたのは「ポルトという海に近い町」だと清水さんは言った。私も神奈川県の港町・横須賀で生まれ、横浜で育った。

小さい頃は体が弱く、すぐ熱を出した。六歳の時、X線検査で肺に影が見つかった。かかりつけの病院で

「これは、結核の跡です。自然治癒したんでしょう」

と説明された。その影は、X線をとると今でも私の肺に残っている。

小学校を卒業すると、地元の中・高一貫教育の女子高に入学した。そこはカトリック系の学校で、毎月最初の金曜日にはミサがあり、聖歌隊が澄んだ声を響かせていた。

私は小さいころから、歌や楽器には興味を持たなかった。蓋でもするように、「自分には関係がない」と、決め込んでいた。合唱も合奏も嫌いだった。

「お前、ほんとに歌わない子だね」

一日中、家で鼻歌を歌っている母は言った。歌うのを聞いたことがないから、音痴だなんて知らなかったそうだ。

そんな私が好きだったのは、絵を描くこと。スケッチブックを買ってもらうと、いつも一日で使いきった。家の中で朝から晩まで、絵を描いていることもあった。

だから、二つの前世、両方に、

「そのお坊さんは、文章も書いてるけど、しょっちゅう絵も描いてはる」

「デジデリオは絵の上手な少年だった。一日中、絵を描いていた」

と、絵を描く姿が出てくることに、気持ちがゆれる。しかし、「天才芸術家の生まれ変わり」と言うほどの画才があったわけではなく、大人になると自然に絵からは離れてしまったし、彫刻をやったことは一度もない。

フィレンツェには今までに二度行った。あまりに美しすぎて言葉もなく、街角に立ちつくした。

そういえば、なぜかイタリアの帰りには二度とも、「デジデリオの妻の出身地」だというベルギーの「ブルージュ」へ寄った。一日に何度も雨が降って空が暗いけれど、しっとりとした中世の町並みには、心落ち着くものがあった。

「清水さんの話」と「自分の人生」という二枚の透かし絵を、重ね合わせて光にかざして見ると、「港町」「結核」「絵」「歌が下手」「フィレンツェ」「ブルージュ」と、いくつか言葉が重なる。けれど、それは重ね合わせた絵の中で、ディテールの線と線がたまたまぶつかったにすぎなかった。人生の大筋、たとえば、王族の隠し子だという出生の事情や、故郷を離れて里子に出された話になると、私の人生には全く重なり合う部分がなかった。それに私には、生まれて三十六年、同性に恋愛感情を抱いた経験も、同性から熱いまなざしを注がれた記憶もなかった。一度も味わったことのない情感は、想像してみることすらできない。

(共通点だけ見ようとすれば、どんな人生も似て見える。だけど、全体を見れば、まるっきり違うじゃないか……)

また疑いの黒雲が、むくむくと湧き上がってくる。いったん疑い始めると、

(前日の電話で、どこか好きな場所があるかって聞いたのは、やっぱり事前に当たりをつけるためだったんだろう。本を立ち読みするだけで名前が見つかるなんて、ネタが簡単に割れ過ぎるし、護摩火の前で耳を澄まして聞きとろうとしていた顔も、そういえば何とな

く芝居がかって見えたし……）

と、何もかもが、胡散臭《うさんくさ》く思える。

しかし、どんなに疑っても、これが作り話であると断定できる証拠もない。そうなると今度は、

（いいや、わずか半日の間に、こんなに調べて暗記できるはずはない。第一、本よりも彼女の話の方がはるかに具体的で詳しいのは、一体どうしてだ？）

と、逆の疑問が湧いてきて、「海に近い町で生まれた」「一日中、絵を描いていた」「歌が下手だった」「肺に結核の跡がある」などという、自分の人生との重なりの方に心が戻って行く。

一方に大きく傾斜すると、やがて揺り戻しがきて、今度は反対側に大きく傾く。私の心は、やじろべえのように「不思議さ」と「疑わしさ」の間で揺れ続けた。

3　検証

美術書の中のデジデリオ

翌日私は、東京都立中央図書館にいた。

図書検索コーナーに行き、

「デジデリオ・ダ・セッティニャーノという、ルネサンス時代のイタリアの彫刻家の伝記を見たいんですが」

と、尋ねると、係の男の人は、

「デジ、デジ……えー、なんでしたっけ？……セッティニャーノ？」

と、眉をしかめながらカタカタとコンピューターのキーを叩いた。

「そういう本は、登録されてませんねー」

コンピューターは事務的だったが、係の人は親切だった。

「ヴァザーリの列伝、ごらんになりましたか？　ルネサンスの彫刻家なら、あれに出ているかもしれませんよ」

さらさらと書いてくれたメモには、

「ジョルジョ・ヴァザーリ著『ルネサンス彫刻家建築家列伝』(白水社)」

とあった。

それは十六世紀の批評家ヴァザーリが、ルネサンス期の二百人を超す美術家の伝記を網羅した「美術家列伝」の一部分だった。

目次に並んだ五十人近い彫刻家建築家の中に、「デジデリオ・ダ・セッティニャーノ」も、「ルカ・デラ・ロッビア」「アントニオおよびベルナルド・ロッセリーノ」もいる。メモの登場人物の顔ぶれは揃っていた。

閲覧室の窓際の席に座って、ページをぱらぱらとめくると、各人物伝の冒頭に、その芸術家の肖像が載っていた。五百年前の人物のことだから、無論、写真はない。木版画である。はたして本人に似せてあるのかどうか、信憑性《しんぴょうせい》のほどはわからないが、もしかすると当時のスケッチや自画像などを手がかりに、多少は面影《おもかげ》を伝えているかもしれない。

では、デジデリオはどんな顔をしていたのか……。

私は、見合い写真の表紙をめくるように、おそるおそるページをひろげ、デジデリオの肖像と対面した。

それは、よくある偉人の肖像だった。威風堂々と胸をそらし、視線は高みを見つめている。校長先生の胸像のようにとっつきにくくなっている点を差し引けば、彼はハンサムだと言ってよかった。巻き毛で、鼻筋の高く秀でた端正な顔立ち……。

「あなた、前世では才能があったし、きれいだったし、男からも女からもちやほやされて愛されたんやけど、欲情にまみれて享楽的な人生を送ったから、今世で格が落ちたんや」

という清水さんの辛辣《しんらつ》な言葉がよみがえって、私はまた苦笑した。

デジデリオの人物伝は、わずか三ページ半。それを目で追った。

「他の人々が研鑽と模倣によっても得られないような優美さを備えた作品を苦もなく生み出す芸術家は、天と自然から多大な恩恵を受けている」

という美文調で伝記は始まった。前書きが長い。やっと本文に入る。

「彼の出身については、フィレンツェから二マイルの近郊の村セッティニャーノの出身だという人もあれば、フィレンツェ生まれだとする人もいるが、この二つの町はわずかしか離れていないのだから、それはあまり重要な問題ではない」

なんともいい加減な記述である。後は、デジデリオの作品を列挙し、その美しさを二ページにわたって綿々と褒《ほ》め、そして、彼の早過ぎた死を惜しんでいる。

「もしも死がこれほど優れた仕事をなした人物の魂をこんなにも早くこの世から召し上げることがなかったならば、ゆくゆくはその経験と研究によって、優美さにおいてはすでに凌駕していたあらゆる人々を、芸術においても乗り越えることになったであろう」

結局、彼の人生の軌跡は、ほとんど何も書かれていなかった。

期待ははずれた。ヴァザーリの列伝からは、デジデリオの人生について、何も収穫はなかった。それどころか出身地や年齢すらあやふやで、ところどころに「ヴァザーリの記憶

デジデリオ・ダ・セッティニャーノ

ルカ・デラ・ロッビア

アントニオ・ロッセリーノ

いずれも「ルネサンス彫刻家建築家列伝」ヴァザーリ著より

違い」という注釈が付けられていた。
他に「デジデリオ・ダ・セッティニャーノ」という表題の本がないとなると、美術事典や美術全集から拾うしかなかった。調べてみると、デジデリオは、美術事典や全集のほとんどに、わずかずつではあるが登場していた。
「イタリアの彫刻家。フィレンツェ近郊のセッティニャーノに生れ、フィレンツェで歿。一四五三年フィレンツェの石工《いしく》組合に登録。最初アントーニオ・ロッセルリーノと協力し、その影響を受ける。すぐれた技巧の持主で、魅力に満ちた愛らしい天使像や優雅な胸像の作者として知られる」(『世界美術辞典』新潮社)
「石工の一族の出身で、一四五三年に石工・木工師組合に加入した。長兄ジェーリと工房を構えていたが、兄の確実な作品は知られていない。デジデーリオは早世したにもかかわらず、生前から有名で、今日でも十五世紀中頃にフィレンツェで活躍した主要彫刻家の一人とみなされている」(『世界美術大事典』小学館)
「デジデリオはその技術をドナテロのように英雄的表現のために用いず、デザインを殊更に洗練し詩的な細心さや潔癖さを与えようと努めた」(『オックスフォード西洋美術事典』講談社)
彼の生涯については、どれを見ても、
「セッティニャーノに生まれ、フィレンツェで工房を構えて活躍したが、早死にした」
という範囲を出なかった。

翌日は、本屋を歩いた。「イタリア」「ルネッサンス」「フィレンツェ」「メディチ家」など、少しでも関係のありそうな題名があれば手に取った。

「イタリア・ルネサンスの文化」(ブルクハルト著)、「ルネサンスの歴史」(モンタネッリ、ジェルヴァーゾ著)、「フィレンツェ」「ルネッサンス夜話」「ルネッサンスの光と闇」(高階秀爾著)、「メディチ家　その勃興と没落」(クリストファー・ヒッバート著)、「メディチ家の人びと　ルネサンスの栄光と頽廃」(中田耕治著)、「ルネサンス」(ポール・フォール著)……。

ルネッサンスという時代に関する本がいかにたくさん出版されているかを改めて知った。ミケランジェロやレオナルド・ダ・ヴィンチについては、いまだに世界中で何冊もの評伝や研究書が出版されていた。ラファエロの人気も永遠だった。そして、ボッティチェッリの「ヴィーナスの誕生」は、ルネッサンスの象徴のように表紙を飾っていた。けれど、デジデリオ・ダ・セッティニャーノの伝記はない。

専門家に問い合わせてみることにした。「フィレンツェ・ルネサンス」(日本放送出版協会)の「光と影の彫刻家デジデリオ」の筆者、宮城学院女子大学の森雅彦教授の研究室を調べ、電話をかけた。

「もしもし」

張りのある若々しい男性の声がした。私は面識もないのに、いきなり電話でものを尋ねる非礼を詫《わ》び、本題に入った。

「実は、デジデリオ・ダ・セッティニャーノについて調べているのですが」

「ほうー、デジデリオですか……」

先生はいかにも、珍しいと言いたげだった。まさか、

「私の前世はデジデリオだと言われまして……」

などとは、言えない。

「ちょっと……彼の彫刻に興味がありまして」

と、言葉を濁しながら、

「デジデリオの伝記はないでしょうか」

と尋ねた。

「んー、デジデリオはねぇ～」

考え込むような口調だ。

「ミケランジェロやダ・ヴィンチなら、伝記も研究書もいっぱいあるんですがねぇ、デジデリオとなると、ヴァザーリの列伝の中にちょっと出て来る程度で、伝記らしい伝記は一冊もないんです」

学者特有の柔らかな物腰で、答えは明快だった。礼を言って電話を切ろうとした時、

「あ、そうだ……」

と、先生が言った。

「思い出しました。そういえば一冊だけ、ウィーンで出版されたデジデリオについての研究書がありました」

「えっ、あるんですか？」

「ええ。戦前のもので、既に絶版になってしまっているんですが、私の所に、そのコピーが一部ありました。ドイツ語の原書ですが、あなたドイツ語はお読みになれますか？　お読みになるんでしたらコピーしてお送りしますが、どうなさいますか？」

ドイツ語は読めないが、送っていただきたいとお願いした。


結局、日本語に訳されている本から、デジデリオの人生について知りうることといえば、

「一四三〇年頃、フィレンツェ近郊のセッティニャーノの石工の三男に生まれて、二十三歳で石工・木工師組合に入会し、フィレンツェのサンタ・トリニタ橋付近で兄と工房を開いた。『カルロ・マルズッピーニの墓碑』『サクラメントの祭壇』などの作品を残したが、三十代半ばで早世した」

ということ。それが、三日間全力をあげた調査でわかったことだった。

清水さんが護摩火の前で見たデジデリオの生涯と、美術書から拾い集めた彼のごくわずかな人生の軌跡を比べてみると、そこには、いくつか大きくない違いがあった。

まず、「出生地と出自」だ。清水さんは、

「デジデリオはポルトガルのポルトで生まれ、王族に引き取られたが、後にフィレンツェ

の石工の家に預けられた」

と語っているのに対して、本では、

「デジデリオは、フィレンツェ近郊のセッティニャーノ村の石工の三男」

になっている。

ポルトガルに「ポルト」という町が本当にあるか、世界地図帳を広げた。「ポルト」は確かに実在した。ポルトガル北部の大西洋に近い河口の大きな都市で、ガイドブックで調べると、銘酒ポートワインの本場。十五、六世紀の大航海時代には、海洋貿易の中心だったという。

それにしても、イタリア半島の付け根に近いフィレンツェと、イベリア半島の大西洋側にあるポルトは、千五百キロも離れている。彼女はどうして「デジデリオはポルトで生まれた」などと言うのだろう。

もう一つ、デジデリオの「代表作」にも大きな違いがある。美術書に必ず登場するのは「カルロ・マルズッピーニの墓碑」と「サクラメントの祭壇」の二つであるが、彼女の話には、そのどちらも登場せず、

「デジデリオの作品を見たければ、モンテ・アレ・クローチにあるサン・ミニアート・アル・モンテ聖堂へ行け」

と、声が聞こえ、鮮やかなブルーの丸いタイル地に、翼を広げた真っ白い鳩の模様が見えたという。

果して「サン・ミニアート・アル・モンテ」という名の聖堂が本当にあるのか、イタリアのガイドブックを調べてみた。ちゃんと実在していた。それも、フィレンツェの「モンテ・アレ・クローチ」（十字架の丘）という場所に……。

ところが、ここで初めて、清水さんの言葉に「間違い」が見つかった。サン・ミニアート・アル・モンテ聖堂について調べてみたところ、そこにデジデリオの作品はないのだ。その代わり、なぜか、アントニオ・ロッセリーノの作品がある。それは「ポルトガル枢機卿の墓碑」。

写真で見ると、「ポルトガル枢機卿の墓碑」は礼拝堂全体を絵画や彫刻で飾りたてたものだ。美術書の中に、墓碑の天井部分の写真が載っていた。

その写真に、あ、と声が出た。天井いっぱいに、艶《つや》やかなブルーのタイル地の丸いメダルが五つ嵌《は》め込まれている。四隅に配置された四つのメダルにはそれぞれ白い大天使が浮き彫りされている。メダルのブルー地と純白の大天使の鮮やかなコントラストに目を洗われる。そして、それらに囲まれた中央のメダルの浮き彫りには、翼を広げた純白の鳩の模様があるのだ……。作者はルカ・デラ・ロッビア。その技法は、「彩釉テラコッタ」。

「陶板の彫刻に、ガラス性の釉薬をかけて焼く『彩釉テラコッタ』は、ロッビア工房の得意な技術だ」

と、彼女の話で聞いた技法であった。

「デジデリオの作品を見たければ、モンテ・アレ・クローチにあるサン・ミニアート・アル・モンテ聖堂へ行け」

という言葉が示唆したのは、この「ポルトガル枢機卿の墓碑」に間違いない。

しかし、なぜかどの本を調べてみても、作者は「アントニオ・ロッセリーノ」になっていた。

「デジデリオの作品を見たければ……」

という清水さんの言葉は、やはり「間違い」なのだろうか？

さて、清水さんが語るデジデリオの生涯と、美術書に書いてあるデジデリオの人生の違いのもう一つは、「私生活」や「死因」についてだ。本には「私生活」も「死因」も何も書いていないが、清水さんは、ブルージュから来た妻がいて、子供もあったこと。同性愛者で貴族と愛し合っていたこと。そして、結核で死んだことなどを語った。

これらはどの本をめくっても一行も書かれていない。

清水さんと資料の相違点を整理すると、次頁、表のようになる。


奇妙だった。清水さんが前もって下調べし、丸暗記してしゃべったのだとしたら、なぜ、どの本も「セッティニャーノ村の生まれ」としているデジデリオの出身地を、わざわざ「ポルト」などにしたのだろう？　アントニオ・ロッセリーノの作品である「ポルトガル枢機卿の墓碑」を「デジデリオの作品」であると、わざわざ本と矛盾したことをしゃべるのはなぜだろう。しかも「同性愛」「ブルージュから来た妻」「結核」など、本が一切触れ

《清水さんと資料の相違点》

	清水さん	列伝、美術全集などの資料
出生地	ポルトガルのポルト。	フィレンツェ近郊の村、セッティニャーノ。
出自	ポルトガルの王族の私生児で、枢機卿の腹違いの兄弟。セッティニャーノの石工の家に預けられた。	石工の三男。
代表作	サン・ミニアート・アル・モンテ聖堂の「ポルトガル枢機卿の墓碑」。	「カルロ・マルズッピーニの墓碑」、「サクラメントの祭壇」など。「ポルトガル枢機卿の墓碑」は、アントニオ・ロッセリーノの代表作。
私生活	同性愛者で、愛人は貴族。妻はブルージュの商人の娘。	記述なし。
死因	結核。	記述なし。

ていないことまで……。デジデリオの個人史に関する限り、圧倒的に彼女の方が、どの美術事典や全集より情報量が多かった。図書館や書店にある本を丸暗記しただけでないことは明らかだった。

(これはどうやら、ただの子供だましとは、違うようだ)

もしかすると彼女は、デジデリオの研究者だったのだろうか?

それとも、どこかに、書店にも図書館にもないデジデリオの伝記があるのだろうか?

いや、専門家にも確かめたのだから、そんなはずはない。

では、なぜだろう?

私は、清水広子という人が仕掛けた罠にはまったのかもしれなかった。この迷宮の謎を、どうしても解き明かしたいと思った。

深まる謎

「デジデリオ・ダ・セッティニャーノという人、確かに実在してました。本に名前も載ってます」

彼女に電話をすると、

「えっ! ほんまにいたのん?」

と、きょとんとした調子の声がしたきり、受話器の向こうに沈黙が流れた。

「デジデリオの生まれた年や死んだ年も当たってるし、ルカ・デラ・ロッビアやロッセリーノ兄弟も、あなたがメモに書いた人はみんなちゃんと本に出てました」

しばらくして、やっと、

「ほんま……」

という声が返ってきた。それがわざとらしい気もするし、本当に衝撃を受けているようにも聞こえる。私は冗談めかして、

「清水さん、本当は本棚にイタリア・ルネッサンスの研究書がびっしり並んでいるんじゃないですか？　一体どこで調べたのか、もうタネを明かしてくれてもいいでしょう」

と、鎌をかけた。

「本当に、調べてないの。だいたいイタリア美術なんて、私知らないもん。何なら、うちのパパや娘たちに聞いて」

その声に、必死さがにじんでいた。私は皮肉な物言いで彼女を傷つけた。悪いことをしたと思った……。だけど、「前世が見える」なんて、どうしても信じられないのだ。何かカラクリがあるはずだった。こうなったら、こそこそせずに、真っ向から疑おうと思った。作り話ならば、必ずどこかに矛盾があるはずだ。そして、本当に真実ならば、やはりその証拠が見たい。

私は正直に言った。

「疑ってごめんなさい。でも私、やっぱりあなたのこと疑ってます。私はごく普通の人間だから、目に見えないものを、証拠もなしには信じられないんです」

「本当かどうかなんて、私にもわからないのよ。ああいう時は、夢を見てるみたいな状態なの。目に見えたことを必死に写してるだけやし、証拠を見せろと言われても、何もないんだもん。それが本に出てたなんて、私だってびっくりするわ〜。ふつうは、もっとぼやーっと、『パリの市民だった』とか『室町時代の武士だった』とか、わかるだけなの。でも、あなたの場合、ラテン語が巻物みたいに流れてくるのよ。せめて、私がイタリア美術に詳しければもう少し何の事かわかるんだろうけど、わからないことばかりだし、もどかしいのよね……」

懸命に釈明したかと思うと、彼女は急に、

「でも、ほんまに本に出てたなんて、私ってすごいと思わない？」

と、有頂天になったりする。

この無邪気にさえ思える反応を、そのまま信じたらいいのか、それともいよいよ「これは一筋縄ではいかないオバサンだ」と覚悟してかかるべきなのか……。

もう一度、彼女の言葉と、本に書いてあることのギャップについて整理して考えてみた。どうも気になる場所があった。サン・ミニアート・アル・モンテ聖堂だ。

彼女によれば、そこにデジデリオの代表作があるはずだ。丸いブルー地に、翼を広げた白い鳩の模様が見えたという。

ブルー地に白鳩が翼を広げた模様は、天井にあった。そして、天井の下には、確かに彫刻がある。

しかし、作者はデジデリオではない。「デジデリオと従兄弟のように親しかった」アントニオ・ロッセリーノの作品だ。

その作品名は「ポルトガル枢機卿の墓碑」……。

不思議だった。

彼女は、

「『ポルトガルの偉大なる枢機卿』とデジデリオは、腹違いの兄弟だった」

というが、この墓碑の下に眠っているのも「ポルトガル枢機卿」。

当時、「ポルトガル枢機卿」と呼ばれる人が何人もいたのだろうか？　それとも、デジデリオの異母兄弟の「枢機卿」と、墓碑の下に眠っている「ポルトガル枢機卿」は、同一人物だろうか……。

どの本にも一行も書かれていない、清水さんだけが語る「デジデリオの出生の秘密」にからむ人物が、なぜここに登場するのだろう？

私は、手持ちの資料を全部広げて「ポルトガル枢機卿の墓碑」を点検した。どの資料にも「作者はアントニオ・ロッセリーノ」とある。が、一冊だけ「フィレンツェ・ルネサンス」が、

「アントニオ・ロッセリーノと助手」

と書いているのに気付いた。その「助手」の二文字に目が留まった。何かが、先端でつながったような気がした。

「あっ……」

ズキン！　と衝撃が走った。

(彼女がしゃべっていることは、本当かもしれない！)

戸板返しのように発想が逆転した。写真のネガとポジがぐるりと入れ変わった。

――「ポルトガル枢機卿の墓碑」を作ったのは、アントニオ・ロッセリーノではなく、本当はデジデリオだったかもしれない。そこに眠る枢機卿こそは、デジデリオの異母兄弟の枢機卿で、デジデリオは、兄弟の墓碑を自分の手で彫刻したのではないか。作者がアントニオ・ロッセリーノだということになったのは、何かの力関係のせいかもしれない。助手の作ったものが、先生の作品として世に出ることは、現代の工房でもよくあることだ――。

これが、「ポルトガル枢機卿の墓碑」について、本と話の間のギャップを、一番無理なく説明できる推理だと思った。

もしそうだとすれば、清水さんは、美術史の裏側を語っていることになる。

たとえば、

「フィレンツェ近郊の村セッティニャーノで石工の三男として生まれた」

というたった一行の記述の裏に、

「デジデリオはポルトガルのポルトで私生児として生まれ、その後、セッティニャーノの石工の家に預けられた」

という真相があり、「薄命の天才彫刻家」に「男色」という一面があるように……。

仮にそうだとしたら、彼女はなぜ五百年以上も昔のことを語ることができるのだろう。本当に「見える」のだろうか。彼女の語ることが妄想でも作り話でもないとしたら、人は生まれ変わるということも事実であり、私は本当に五百年前、デジデリオとして生きていたのだろうか……？

不意に私は、背後にさわさわと風が吹くような肌寒さを感じ、腕をさすった。

しかし、大きく傾いていたやじろべえが、自然にバランスを取り戻すように、私は冷静になった。

「ポルトガル枢機卿の墓碑」の制作に、デジデリオがアントニオの助手として関わったという証拠は何もないのだ……。

そう思うと、潮が引くように興奮が冷めた。私は証拠を確かめたかった。

原稿を書き、仕事が終わってもデジデリオを追う旅は続いていた。彼について調べることが私の最大の趣味になり、この趣味に私はのめり込んだ。本屋に入れば、足が自然に美術書の棚に向かった。「フィレンツェ」とか「ルネサンス」という背表紙の文字が目に入ると、わくわくする。ページを開くと、時がたつのを忘れた。「ルネサンスの肖像」(中田耕治著)、「ルネサンス精神の深層」(アンドレ・シャステル著)、「ルネッサンス的人間像」(下村寅太郎著)、「ミケランジェロの生涯」(ロマン・ロラン著)、「イタリア・ルネサンスの文化と社会」(ピーター・バーク著)、「レオナルド・ダ・ヴィンチ」(田中英道著)、「物語イタリアの歴史」(藤沢道郎著)、「ルネサンス絵画の社会史」(マイケル・バクサンドール著)……私の部屋の一角は、ルネッサンス関連書籍の置き場になった。

私はこの体験を会う人ごとにしゃべって聞かせた。その反応は、真二つに分かれた。半分の人は身を乗り出して、

「へぇーっ、すごい。私も前世が知りたい」

と、瞳を輝かせ、もう半分の人は、

「何か裏があるに決まってるさ」

と、冷淡な笑いを浮かべながら、

「その占い師、カネとるんだろ? いくら?」

と、聞いた。

清水さんは、占い師ではない。私の前世を見たのは、知り合いを通じて雑誌社から頼まれたからで、それを仕事にする気はないという。以前、人から是非にと頼まれて、見たことがあるが、前の日から肉を断ち、意識を集中しなければならない。場合によっては、前

世のゾッとするような光景を目にすることもある。終わったあとは風邪をひいた時そっくりに体がダルくなる。職業になどしたら身がもたないという。

懐疑派の人々の読みは、大きく分けて次の三つだった。
①　持ちネタ説――「その人は、そういう話のネタを幾つか引き出しに持っていて、何人もの人に同じ話をしてるんじゃないですか。だいたい、どこぞの王族の隠し子だったなんて、いかにも作り話くさいですよ。日本じゅうに、そのデジなんとかいう、彫刻家の生まれ変わりが、いっぱいいるかもしれませんよ」
②　事前調査説――「先に電話でどこか好きな場所があるかを聞いたところが変じゃないですか。翌朝会うまでに、半日の時間があったわけでしょ。その人の後ろには、ものすごく優秀なブレーンが付いていて、相談してるんじゃないですか。全くの無名の人間じゃ調べようがないからつまらないけれど、一応本に名前は載っていて、だけどあまりどういう人生だったのかわからないような、ちょうど歴史に見え隠れする人物を出してきたところが、巧妙ですね」
③　確率的不自然説――「人類の歴史上、過去に生きていた人間の数は、おそらく天文学的数字にのぼるわけですよね。そのうち、歴史に名前が残った人なんて、何千万人か何百万人に一人くらいの、ごくごくわずかでしょ。前世は名もない市民だったというのが普通だと思うんです。なのにすぐ本で名前が調べられちゃうというところが不自然じゃないですか」

どれも、私自身が幾度となく考えたどってきた道筋だった。

絡む糸

宮城学院女子大学の森雅彦教授から、「デジデリオ・ダ・セッティニャーノ」の原本のコピーが送られてきたのは一ヶ月ほど後だった。B4判の紙でおよそ二十五枚。著者名は、レオ・プラニシヒ。一九四二年にウィーンで出版され、すでに絶版になっているという。森先生によれば、それが、デジデリオに関する唯一の研究書らしい。

びっしりと並んだドイツ語のどこかに、デジデリオの人生の軌跡が書き記されているかもしれなかった。それを読めば、日本語に翻訳された美術書にはない彼の生まれや私生活がわかって、清水さんの話の真偽が明らかになるかもしれない……。

私は知り合いの編集者を通して、東京大学教養学部の高辻知義教授にそのコピーの翻訳をお願いした。

東大駒場にうかがったのは、夏の終わりの雨の午後だった。研究室と並んだ応接間で、高辻先生はさらさらと訳してくれた。

レオ・プラニシヒ著「デジデリオ・ダ・セッティニャーノ」より抜粋

デジデリオには、フランチェスコ、ジェリという二人の兄がいて、共に石工になっていた。デジデリオが親方として正式に石工・木工師のギルド（同業者組合）に登録されたのは二十三歳の時。ギルドに加入した年、彼に「カルロ・マルズッピーニの墓碑」の制作という大きな仕事が舞い込んだ。カルロ・マルズッピーニというのは、フィレンツェ共和国の書記官長だったから、その墓の制作は、世間が注目する仕事だった。

おそらくは、この「カルロ・マルズッピーニの墓碑」の報酬で買ったのだろう。三年後、デジデリオは、七歳年上の兄ジェリと共同で、フィレンツェのサン・ピエロ・マッジョーレ教会の教区にあるサンタ・マリア通りに家を購入した。アトリエは、サンタ・トリニタ橋の近くの、パンチャテッキという貴族が所有する建物の中にあった。そこで彼は教会の礼拝壇や聖具などたくさんの作品を制作した。しかし、それらの多くは散逸して今はない。

そして一四六四年一月十六日、デジデリオは、サン・ピエロ・マッジョーレ教会に埋葬された。死因は不明。

残念ながら、ここにも、少年期の経歴や私生活のことは書かれていなかった。しかし、この本には、意外な発見があった。

レオ・プラニシヒは、デジデリオたち兄弟が故郷のセッティニャーノ村から大都会のフィレンツェに出たいきさつを、次のように書いている。

「おそらくは、フランチェスコとジェリの二人の兄が、『僕たちもフィレンツェで、ベルナルドみたいに一旗揚げよう』と、末っ子のデジデリオを誘ったのだろう。ベルナルドというのは、同じセッティニャーノ村出身の建築家ベルナルド・ロッセリーノで、彼はすでにローマ法王の公式建築家として活躍していた。しかも、ロッセリーノの一家と、デジデリオたち兄弟の家は、村では隣同士といってもよいほど近くにあったから、若者たちが刺激を受けるのも無理はなかった。

ベルナルド・ロッセリーノには、アントニオという彫刻家の弟がいた。このアントニオ・ロッセリーノは、デジデリオと年齢が近く、家も近所だったことから、二人はかなり親しかったと思われる」

そこまで聞いて、ハッとした。私の記憶の引き出しの中に、清水さんの、

「デジデリオはアントニオと、従兄弟のように親しかった」

という言葉があった。

「え、ロッセリーノ兄弟とデジデリオって、家が隣同士なんですか?」

私は、すらすらと訳す高辻先生をさえぎって聞き返した。同じセッティニャーノ村の出身で、しかも隣同士だったというのは、初耳だ。

「書いてありますよ。隣同士といってもよいほど近かったって」

「デジデリオはアントニオと、従兄弟のように親しかった」という言葉は、裏付けられた。

先生は、コピーに視線を戻し、淡々とした口調で先を続けた。

「アントニオとデジデリオはある時期、協力しあっていたらしいし、それどころか、アントニオの作品にデジデリオの手が加わっているという説もある。ともかく、アントニオとデジデリオには非常に近いものがあって、どちらが作者かはっきり決められない作品もあるほどだ」

　雨は本降りになっていた。駒場からの帰り道、水たまりに無数の円が広がっては消えるのを見つめながら、私は胸の中に、今聞いてきたばかりの言葉を繰り返し蘇《よみがえ》らせた。

「アントニオ・ロッセリーノは、デジデリオと年齢が近く、家も近所だったことから、二人はかなり親しかったと思われる」

「アントニオの作品にデジデリオの手が加わっているという説もある」

「どちらが作者かはっきり決められないものもある」

　ならば、「アントニオ・ロッセリーノ作」とされているサン・ミニアート・アル・モンテ聖堂の「ポルトガル枢機卿の墓碑」はどうだろう。あれも、実は「デジデリオの作品だ」という可能性があるのではないだろうか。

　ところで、デジデリオの竹馬の友であり、作風もデジデリオと判別しにくいと言われるアントニオ・ロッセリーノは、どういう人物だったのだろう。

　アントニオの本当の名字は、ガンバレッリ。背が小さくて、髪の毛が縮れて赤かったので、赤（ｒｏｓｓｏ《ロッソ》）に、イタリア語で小ささを表す意味の語尾「ｉｎｏ《イーノ》」を付けて、

「ロッセリーノ」（つまり、赤毛のチビ）という愛称で呼ばれ、兄のベルナルドまでそのあだ名をもらったものらしい。

例のヴァザーリの列伝の冒頭に掲げられた肖像画を見ると、アントニオは、映画「ミケランジェロ」のチャールトン・ヘストンを髣髴《ほうふつ》させるような、癖っ毛の精悍《せいかん》な中年男に描かれていた。

一四二七年生まれだから、デジデリオより三歳年上。デジデリオは三十半ばで死んだが、アントニオは一四七九年にフィレンツェを襲ったペストにかかって五十二歳で死んだと推測されている。見かけによらず神経質で優しく、非常に勤勉な努力家だった。謙虚で、誰からも尊敬されたと、ヴァザーリは絶賛している。

その兄ベルナルド・ロッセリーノは、一四〇九年生まれだから、アントニオより十八歳年上だった。法王ニコラウス五世の公式建築家としてローマ市内の建築に協力した。

当時の芸術家にとって、ローマ法王のお抱えになるということは、富と名誉を一挙につかむことを意味していた。近所の青年の成功を見て、デジデリオや兄のフランチェスコ、ジェリが、

「俺たちも、ベルナルドみたいになりたい」

と、夢見るのは当然だった。

なぜなら、彼らの故郷セッティニャーノ村は、昔から建築や彫刻の材料になるマチニュオという石材の石切り場として知られ、石工や彫刻家たちが大勢働いていた。実は、ずっ

と後にルネッサンス最大の彫刻家として登場するミケランジェロも、一歳の時、セッティニャーノ村の石工の家に里子に出されていた。後年、ミケランジェロは、「もしも僕に天分があるとしたら、乳母の乳と一緒に彫刻の鑿《のみ》やハンマーを吸い込んだからだ」

と回想しているが、石切り場や石工の作業場を遊び場にして育ったセッティニャーノ村の子供は、習わなくても鑿の使い方を知っていた。彼らが身を立てる道といえば、彫刻に決まっていたのだ。

セッティニャーノ村の出世頭だったベルナルドの大ヒット作は、フィレンツェのサンタ・クローチェ教会にある「レオナルド・ブルーニの墓碑」である。これは、故人が横たわる彫像と石棺を、古代ローマの凱旋門の中に安置したようなドラマチックな墓碑彫刻で、当時、墓の新しいスタイルとして話題をさらった。世俗的な権力者は、自分もこういう派手な墓碑を作って、死んでからも永遠に名誉を保ちたいと憧れたから、これ以後、同じスタイルの作品がたくさん作られ、ベルナルドの「レオナルド・ブルーニの墓碑」は、有力者たちの墓の典型となった。

実は、デジデリオが一人前の彫刻家になって最初の大仕事だった「カルロ・マルズッピーニの墓碑」も、ベルナルドの作品をモデルにして作ったもので、二人の作品は、同じサンタ・クローチェ教会に、一対になるように向かい合う形で置かれている。

つまり、デジデリオはベルナルドの作品を手本にし、その弟アントニオとも協力関係にあったわけだ。

同じ村出身の、ベルナルド、アントニオのロッセリーノ兄弟、そしてデジデリオ。彼らは、家が近かっただけでなく、仕事の上でも密につながりを持って生きていたのだ。

最初はバラバラだった登場人物三人の関係が、少しずつ見え始めていた。

デジデリオが生きた時代

ここで、デジデリオが生きた時代について、少し説明しておこう。

彼が生まれた一四三〇年頃、世界はまだ「地球は丸い」ということを知らなかった。マゼランの世界一周には九十二年、コロンブスのアメリカ到達にも六十二年を待たなければならなかった（ちなみに、当時の日本は室町時代。足利幕府の中期に当たる）。

フィレンツェにはルネサンスという史上稀《まれ》にみる繁栄の時代が訪れていたが、その頃はまだ、花のつぼみが開き始めたばかりだった。黄金期を象徴する、ボッティチェッリの「春」や「ヴィーナスの誕生」が描かれるのは約五十年後。ダ・ヴィンチ、ミケランジェロ、ラファエロの三巨匠の時代は、六十～七十年も後のことだ。

フィレンツェのシンボルとして有名な「花の聖母マリア大聖堂」の赤茶色のレンガのドームは完成目前で、街のあちこちに大規模な建設工事のための足場が組まれていた。広場には、必要な大きさに切り出して刻印を彫り付けた大理石の石材がずらりと並べられ、裸の男たちが、滑車の付いた巻き上げ機を使って、威勢よく「よいとまけ」の掛け声をかけながらロープを引いて石材を巨大な建物の肋骨《ろっこつ》のような足場へ吊り上げた。

フィレンツェは空前の活況に沸いていた。二キロ四方に満たない小さな都市に、遠くシルクロードを通って中国、インド、ペルシャ、コンスタンチノープルなど、世界中から連日、物資が運び込まれた。荷駄は、藁《わら》でくるんで樽《たる》や木箱に厳重に梱包《こんぽう》され、隊商は運搬途中の盗賊の襲撃に備えて、殺傷力の強い大弓で完全武装した一糸乱れぬ制服姿の騎馬隊の護衛付きでフィレンツェに入ってきた。荷車が激しく往来し、街中にはもうもうと土埃が舞い上がった。

中央市場には、露店の縁台が立ち並び、日除けの下に、絹織物、レース、刺繡《ししゅう》、毛皮、宝石、古着、魚、果物、野菜、穀物、チーズ、コショウやオリーブ油、ナツメグ、サフランなどの香辛料、本、ローソクなどが並んでいた。パン屋は共有のオーヴンで次々にパンを焼き、焼き栗の屋台は香ばしい匂いをたてた。惣菜《そうざい》屋のまわりには、鹿皮のずだ袋を下げた召使や主婦たちが集まった。床屋は屋外に椅子を出して髪を刈り、そのまわりをカゴを抱えた洗濯女やバケツを手にした徒弟の子供たちが忙しく走りまわり、売春婦が客を呼び込み、役人がその日のニュースや布告を大声でふれまわった。

当時、この街の権力を掌握《しょうあく》していたのは、メディチ家だった。メディチ家は、もとは平民出身だったが、事業家として力を伸ばし、名門と婚姻関係を結ぶことで巨大な閨閥《けいばつ》を築いていた。

メディチ家が絶大な権力を手にしたのは、コジモの代になってからだった。コジモ・

デ・メディチは、痩せて眼光鋭い、人好きのしない容貌の男だったが、事業家としても政治家としても、卓抜した才能をあわせ持っていた。彼が政治の表舞台に立ったのはわずか六ヶ月間だけだった。しかし、その後の三十年間、フィレンツェの重要な政治問題はすべてコジモの屋敷で決定され、コジモが選んだ人間だけが、公職に就いた。コジモはフィレンツェの「ドン」だった。彼は、実権を維持し続けるために必要ならば、周到なやり方で政敵を破滅させ、容赦なく死に追い込んだ。

コジモは民衆の力を決して忘れなかった。彼は常に質素な身なりをして他人の妬《ねた》みを避け、市民のための学校や病院を建設し、貧しい子女のために基金を創設するなどして庶民から大きな信頼を得ていた。彼はフィレンツェを世界一の学問と芸術の都にするために莫大な私費を投じた。著名な学者を招聘《しょうへい》し、世界中の書物を収集して図書館を設立し、それを学者や教養人に開放した。建築家たちが連日、建物の設計図を描いた羊皮紙の巻物を小脇に抱《かか》えて、メディチ宮の階段を駆け上がって行った。コジモは教会の壁や天井を絵や彫刻で飾らせ、ドナテッロ、フィリッポ・リッピ、フラ・アンジェリコなどの芸術家を後援した。芸術家という大きな宣伝効果を持つ人々のパトロンになることは、メディチ家の人気を維持、拡大するのにも役立った。つまり、コジモにとっては、趣味と実益が見事に結びついていたのである。

メディチ家の経済的基盤は金融業であった。フィレンツェに本店を置くメディチ銀行の支店網は、そのころすでにヨーロッパ中に広がっていた。ローマ、ベネチア、ミラノ、バーゼル、ジュネーヴ、アヴィニヨン、リヨン、ブルージュ、ロンドン。メディチ銀行の顧客リストには、スペインやポルトガルの王侯たちの名前まで連なり、コジモは、

「何とかして神を顧客リストに加えられないものか」

と呟いたという。

（メディチ銀行の支店の所在地は、清水さんが「デジデリオとアントニオは、材料の仕入れのために、ローマ、ベネチア、アヴィニヨン、リヨンへも行った」と語ったその地名と重なり、メディチ銀行支店の一番北の端ブルージュは、「デジデリオの妻は、ブルージュの商人の娘だった」という言葉と重なる。アントニオとデジデリオの旅の行程が、当時のフィレンツェの交易都市とぴったり一致する）

男色文化

さて、この時代、フィレンツェの男たちは、ある快楽の毒に染まっていた。

ソドミア、つまり男色である。

もちろん、教会は表向き、男色を厳しく禁じていた。ソドミアに対する刑罰は厳しいもので、犯人は罰金を取られたうえに鞭打たれながら市中を引き回され、相手を傷つけた場合は火刑に処せられた。一五〇二年の法律では、成人は去勢され、再犯の場合は片足を斬り落とされることになっていた。しかし、実際に見せしめにされたのは、有力者に係累《けいるい》のない者たちばかりで、あとは教会も黙認していた。

それというのも、男色は一般市民や知識階級ばかりでなく、聖職者にまで浸透していたからだと言われる。

後に、フィレンツェを禁欲政治で震え上がらせたドミニコ会の修道僧サヴォナローラは、堕落した聖職者たちを、

「美青年たちと手を切りなさい。あの言語道断な悪徳、神の怒りを招く忌まわしい悪徳をやめなさい。さもなければ、あなたがたに禍あれ！」

と攻撃し、一五〇五年にフラ・ジョルダーノという修道僧は、

「おお、市民たちに何と男色者が多いことか。いや、彼らすべてがこの悪徳に耽《ふけ》っているといってもよい」

と嘆いたという記録がある。フランスでは、男色を「フィレンツェの悪徳」と呼んだ。

その性的な風潮は、当時のフィレンツェの青年たちの容姿に、少なからず表れていた。若い男たちはこぞって、脚や腿《もも》の線をくっきりとあらわす、きついタイツ・ズボンを穿《は》き、短い胴着を着けた。髭《ひげ》をきれいに剃《そ》り、髪を女と競うほど長くのばし、脱色して金髪に変え、カールさせて首や肩まで垂らした。頻繁《ひんぱん》に入浴し、脱毛し、香水を使い、宝石飾りや指輪をつけ、特に鎖の首飾りを愛用して、何連にも巻きつけた。

街角や教会の出口では、美しく飾りたてた若者たちが、男同士数人で互いに腕を肩に回しながら、通りかかる娘に、尾を引くような流し目を送った。こうした伊達《だて》で優雅な身のこなしは「ガランテリア」と呼ばれた。

美少年には、つねに誘惑がつきまとった。美しい男の子は、肉体的にどこか女性に似ていながら、女にはない魅力をもっている。だから、男に愛された。「美」に関わる芸術家の世界では、なおさらだった。

レオナルド・ダ・ヴィンチは、二十四歳の時、ヤコポ・サルタレッツリという十七歳の少年と交わったとして、二度告発されている。レオナルドは、師匠であるヴェロッキオとも親密な関係にあると噂されていた。当時、芸術家の工房では、徒弟として働く「ガルツォーニ」と呼ばれる少年たちが師匠と寝起きを共にしていた。徒弟たちは、雑用をし、技術を習うだけでなく、モデルにもなった。師弟の間に同性愛的な愛情が自然に醸成《じょうせい》され、美しいガルツォーニが師匠の相手をすることもあった。ヴェロッキオ作の「少年ダヴィデ」の裸像は、絶世の美少年だったレオナルドをモデルにしたと言われている。

レオナルドは生涯独身だったが、三十八歳の時、十歳の少年を身近に置いた。彼の髪の毛はふさふさとした金の巻き毛で、美しさでは非のうちどころがなかった。レオナルドは彼を「サライ」（小悪魔という意味）と呼んで愛し、衣服や靴、指輪、首飾りなどを買い与えた。しかし、サライへの愛は、レオナルドに喜びと共に苦痛も与えた。サライは有名な宮廷画家のレオナルド先生から寵愛されているのを鼻にかけ、それを自慢するように町をうろつきまわり、レオナルドから金を盗んだり、買ってもらった靴を売り払ったりの悪さをして困らせた。レオナルドは、サライが始終盗みを働き、嘘をつくので、彼が牢屋に入れられないよう、尻拭《しりぬぐ》いに苦労した。サライは品行の悪い愛人だった。それでもレオナルドは、彼を見捨てず、それどころか、彼に遺産さえ残してやっている。
もう一人の天才ミケランジェロにとって、肉体美は神そのものだった。彼は、若いローマ人の貴族トムマーゾ・ディ・カヴァリエリを心から熱愛していた。ミケランジェロが溺《おぼ》れた男は、カヴァリエリ一人ではなかったが、彼への愛が最も長く続き、熱狂的だった。カヴァリエリは美男だっただけでなく、物腰優雅で、精神的にも純粋だった。ミケランジエロの愛の告白に、カヴァリエリは手紙で、
「あなたの愛情にお報いいたします。かつて私にはあなたほど愛した方はありません。永久に私があなたのものでありますように」
と、誓った。ミケランジェロは熱にうかされたように、
「もしも清らかな愛と、気高い美徳があるのなら、
もしも定めが二人をひとつにするのなら、
もしも一人の不幸に一人が悲しむのなら、
もしも一つの魂が二人の心を占めるなら、
もしも二人の体でひとつの魂が勝利するのなら、
あの世へと二人の翼で舞い上がる。もしも愛神の、黄金の矢の一撃が、二人の胸底を恋い焦がすなら」
という、熱情的なソネットをカヴァリエリに捧げた。そして、ミケランジェロが八十九歳でこの世を去る時、カヴァリエリは誓いどおり、忠実に死の床に付き添い、死後ミケラ

ンジェロの遺言の執行を見守った。

ドナテッロは、デジデリオが少なからず影響を受けた彫刻家であるが、彼も同性愛者だった。

「ドナテッロはホモでとんでもない奴だ。これほどまでに若い男の姿態を愛《いとお》しむように、生々しく、肉感的に、それも肉の喜びを隠すことなくいきいきと表現するなど、もってのほかである」

と、人々から非難されたという記録がある。

「ヴィーナスの誕生」や「春」で官能的な女神像を描いたルネサンスの花形画家、ボッティチェッリも、二回にわたって夜間犯罪取締局に、男色で訴えられている。

では、わがデジデリオは、どうだっただろう……。彼も、こうした快楽に染まっていたのだろうか。

デジデリオの場合、伝記すらはっきりしないのだから、レオナルド、ミケランジェロ、ボッティチェッリのように、同性愛者だったことを示すような記録はない。

しかし、ラファエロの父であるウルビーノの宮廷画家ジョヴァンニ・サンティは、著書「韻文年代記」に、

「麗《うるわ》しのかくも甘美に美しきデジデリオ」

と謳《うた》い、フィレンツェの詩人ウゴリーノ・ヴェリーノは、「フィレンツェ著名人列伝」

の中で、

「デジデリオは、花の盛りに酷き死によって命を奪われた」

と、彼を「花」にたとえた。メディチ家の家庭教師でラテン語学者のクリストフォロ・ランディーノは、一四八一年に書かれたダンテの「神曲」の注釈文の中に、

「デジデリオは偉大で繊細、美しくやさしさに満ちていた」

と記した。ランディーノはこの中で「愛らしい（ｖｅｚｚｏｓｏ）」という表現を使ったが、「ｖｅｚｚｏ」とは愛撫《あいぶ》のことであり、「ｖｅｚｚｏｓｏ」とは、愛撫をするほど喜ばしいという意味で、男性に使うとしたら、むしろひよわで不健全であり、女性的な特徴を表現する言葉だという。

こうした繊細な美しさを讃える文章が、「華奢な少年」という清水さんの言葉を思い出させる。彼女が語るデジデリオの人生には、なぜか常に、人間の愛欲がつきまとっていた。王族が生ませた私生児という出生。デジデリオを法王か有力聖職者の寵愛を受ける小姓として献上しようとした大人たちの思惑。そして、男同士の恋……。彼はまるで、美少年を愛した時代の申し子のように思えた。

ところで、こうしたルネサンス時代の風俗や流行について本を読んでいくと、いつも「プラトン・アカデミー」という名前にぶつかる。そういえば、清水さんの話の中にも、

「デジデリオの愛人だった貴族は、プラトン・アカデミーの中心にいる有名な人物だっ

た」

という言葉があった。この「プラトン・アカデミー」とは何だろう。アカデミーといっても、学校や行政組織ではない。

十四世紀末、ヨーロッパの東には、オスマン・トルコが強大な軍事力をバックに迫ってきて、ビザンチン帝国が滅亡の危機に瀕《ひん》していた。ビザンチン帝国の首府コンスタンチノープルから、学者たちがイタリアに大量亡命し、祖国の救済を訴えてまわった。彼ら学者の唯一の荷物は、古代ギリシャの書物だった。一度に大量のギリシャ語の書物が流入し、イタリアに古代ギリシャブームがおこった。

メディチ家の当主コジモは、それらギリシャの古典書物を収集して、翻訳と解釈をさせるために、フィレンツェ郊外のカレッジにあるメディチ家の別荘に知識人たちを集めた。学問好きな貴族の子弟、メディチ家の家庭教師、学者、詩人、芸術家など、当代きっての知的な青年たちが、美しい自然に囲まれた別荘で、翻訳されたプラトンの「饗宴《きょうえん》」を曲み、「古代ギリシャ的な愛」について討論をした。そこは、やがて知識人の社交界になり、後に通称「プラトン・アカデミー」と呼ばれるようになった。プラトンはフィレンツェで大流行し、「プラトン・アカデミー」は、ルネサンス時代の思想や流行の発信源になったのである。

プラトン・アカデミーに集まる「プラトンかぶれ」の青年たちは、教会の厳格な掟《おきて》に縛られず、人間が本能のままおおらかに思想や芸術を表現できた古代ギリシャに心酔した。そのおおらかさに憧れるあまり、古代への回帰、復活を願望し、古代ギリシャ文化を模倣し始めたのである。

彼らが理想とする愛は、古代ギリシャの哲学者ソクラテスと美青年アルキビアデスの愛の形だった。ソクラテスは美しいアルキビアデスを庇護下において彼の指導者になり、アルキビアデスを一人前の徳をそなえた男として育てた。ソクラテスの愛情に、アルキビアデスは尊敬の気持ちを持って従った。キリスト教的モラルは、こうした男同士の愛の関係を淫《みだ》らだとして禁じたが、ギリシャ的モラルは、それをもっとも高貴なものだと考えていた。

プラトン・アカデミー最高のテキストだったプラトンの「饗宴」には、戦争は同性愛を高揚させるのに最も適した機会だと説かれていた。

「持ち場を離れたり、武器を投げ出し逃げる姿を、愛する少年に見られることは、他の何人に見られるよりも遥《はる》かに堪えがたい。むしろ、幾度でも死ぬことを願うであろう。ましてや、愛する少年を見捨てて逃げたり、あるいは危険に陥るのを見てこれを救い出そうともしなかったりする臆病者は、一人もいない」

こうしたギリシャ的モラルの影響を受け、男色は美学として流行した。もちろん、プラトン・アカデミーの青年たちには皆、多かれ少なかれ、同性愛か少年愛の傾向があったと言われている。

そのプラトン・アカデミーの中心にデジデリオの愛人がいたという。

「彼は北欧人のようなブロンドで、すらりと背の高い、立派な体格の美丈夫だった。女性からの誘惑も多かったが、彼はデジデリオを熱愛していた」

この言葉は、プラトン的な同性愛を指しているように思える。

4　真実を追って

躍る心、疑う心

ルネサンスやフィレンツェに関する歴史の本を買い漁《あさ》り、読んでいくと、清水さんの話と重なったり、裏付けたりする内容がちょこちょこと顔を出す。

けれど、それはあくまでもデジデリオが生きた社会や風俗などの周辺事情にすぎない。デジデリオの人生そのものについては、日本にはこれ以上資料がないので、調べたくても方法がない。いくら周辺を調べても、問題そのものに近づくことすらできず、ただ遠くから眺めているにすぎない。靴の上から足の裏を掻《か》いているような、もどかしさがあった。

「フィレンツェに調べに行きたい……」

と、思うようになったのは、翌一九九三年の春だった。

「フィレンツェの図書館なら、デジデリオについてたくさん資料があるかもしれない。イタリア語の通訳も雇って、思う存分調べたら、何かがはっきりするだろう。デジデリオの人生の軌跡をたどって、ポルトガルのポルトへも行って、どんな街なのか見てみたい……」

イタリアにまで調べに行って、清水さんの言葉がただのデタラメだったとわかったとしても、それはそれで構わない。私は真相を見きわめたかった。

本当は何ヶ月も前から、その思いは、胸の底でたゆたっていたのだ。けれど、それを口に出すことを、何かが思い止まらせていた。それは「目に見えない世界に深入りするのは止めた方がいい」という警戒心である。自分が、現実離れした世界にとりこまれた人たちに向けてきた、その同じ視線を受けるのは嫌だった。

現実的な問題もあった。イタリアに行くには、計画中の仕事を断らなければならなかった。断れば、その仕事は二度と来ないだろう。フリーの私にとって、それは不安だった。旅費、滞在費、通訳代など、まとまったお金もかかる。前世を調べるなどという現実離れした遊びのために、仕事をフイにし大枚かけて地球の裏側へ飛ぶなんて、堅実な両親の元で育った私には、とんでもないことに思えた。

私は、その夢に蓋《ふた》をして、胸の底に沈めようとした。

しかし、その夢は沈まなかった。それどころか、日ごとに胸の中で輝きを増す。諦めなければと思うほど、切なさがつのる恋に似ていた。新聞の広告欄で、

「魅惑のイタリア・ルネッサンス紀行」

「ポルトガル七日間の旅」

などという活字を見るだけで、胸が甘く疼《うず》き、

(行きたい……。フィレンツェへ行きたい)

と、唇をきつくかみしめた。

「人生」を考えた。

私は三十七歳だった。

もうすぐ四十歳。折返点が来る。いつの間にか、「どうせ」という言葉が、口を突いて出るようになっていた。あんなに憧れて始めた仕事にも、ここ数年、心がときめかなくなっていた。このまま年をとっていくのかと思うと、日々が色あせて見えた。

(私は、いくつまで冒険できるだろう)

「できなくなる」にせよ「したくなくなる」にせよ、やがていつか、冒険しなくなる日がやってくる。

私は、デジデリオについて調べている時の、胸のざわめきをつぶさに蘇らせた。それは、子供の頃、近所の子たちと、公園の小さな洞窟《どうくつ》の中に、宝の箱があるという空想に取りつかれて「宝探し」をした時の気持ちに似ていた。右足を空想の世界に突っ込み、左足は足首まで泥に埋まって、シャベルで穴を掘った。宿題も、塾の時間も忘れて、ただ掘り続けた。私はトロイの遺跡を発掘するという夢に取りつかれたシュリーマンだった。シャベルの先がカチッと固いものに当たるたびに、すわ宝物かと飛びついた。出てきたものは、いつも茶碗のかけらと空き缶だったけれど、きっと宝の箱があると信じて疑わなかった。気がつくと、あたりはもう真っ暗で、死ぬほど腹が減っていた。

あの時は、空想すれば何でも成就《じょうじゅ》するような気がしていたのだ。穴を掘ればそこに宝の箱が見つかり、空を飛ぼうと思えば、本当に飛べるような気さえした。

大人になるということは、夢みたいなことは夢みなくなることかもしれない。今の私は、見えないものは信じないし、もう空を飛ぶ夢も見なかった。けれど、デジデリオは私に、あの「宝探し」の汗ばむような興奮を取り戻させてくれた。これほど、胸のはやる思いをしたことは、久しくなかった。

私もやがていつか、死ぬ時が来る。その時まで、常識の枠の中で自分を固く守り、日々、指の間から砂が抜け落ちて行くように、冒険する心と機会を失っていくのだとしたら、一体何のために生きているのか……。

(わくわくしたい)

と、無性に思った。

ある朝、歯を磨いていたら、心の中で自分の声がした。

「人はわくわくしている時、本当に生きている」

そして、心がきまった。

(行こう……)

常軌を逸していることは承知の上だ。

私は、計画中だった仕事をキャンセルした。連載中の雑誌の編集部には、

「十月に二週間ほど、ヨーロッパへ行くので」

と、取材の予定や原稿の締切りをすべて繰り上げてもらった。

理由を打ち明けると、編集者は、まじまじと私の顔を見ながら、

「へぇ、森下さんて、前世なんか信じてるんですか」

と、言った。信じているのではなくて、調べたいのと話しても、その人の耳には届かなかった。

「僕はそういう胡散臭《うさんくさ》い世界には興味がありませんけどね」

冷たく一笑された。彼の気持ちが手にとるようにわかった。「きのうの自分」だからだ。

「前世を追いかけて、それが何の役に立つんですか」

「何の役にも立たないわ。前世が現実の悩みを解決してくれるとも、何かの足しになるとも思っていない。ただ本当のことが知りたいの」


慌ただしい取材と原稿書きの合間をぬって、私はフィレンツェで通訳をしてくれる人を探し、旅行代理店にローマ行きの飛行機のスケジュールを問い合わせ、フィレンツェまでの電車のタイムテーブルやイタリアからポルトガルへの交通機関を調べた。それから、資料を整理し、セッティニャーノ村、サン・ロレンツォ聖堂、サン・ミニアート・アル・モンテ聖堂など、行くべき場所の細かなリストを作り始めた。それらすべてが、同時に進行した。

通訳は間もなく見つかった。ある編集者の大学時代のクラスメートがイタリア留学中に知り合ったという、フィレンツェ在住の日本人画家、西山隆介さん、二十七歳だ。西山さ

んには、一週間の「通訳、ガイド、運転手」の他に、事前の資料調べもお願いした。イタリア語が堪能だというだけでなく、彼自身がイタリア国立美術院を卒業した画家という、願ったりかなったりの人物だ。

一介の外国人旅行者が、現地の美術館や図書館で、どこまで資料を見せてもらえるか、不安はあったが、ともかく言葉の問題は解決した。気がかりは、彼がデジデリオの生涯を探す旅を、私と一緒に面白がってくれる人かどうかということだった。

私はこれまでのいきさつをすべて手紙に書き、ファクスで西山さんに送った。折り返し、彼の返事が来た。

「九月六日。森下典子様へ

お話、了解しました。どこまでお役に立てるか、わかりませんが、一生懸命やらせていただきます。僕もルネサンス美術は好きなので、楽しみです。さっそく、明日から資料調べを開始します。西山隆介より」

楽しみです、という言葉が嬉しかった。

西山さんからは、数日おきに連絡があった。ファクスからツツツ……と送り出されて来る手紙からは、事前調査に苦心している様子が伝わってきた。

「九月七日。簡単に用件だけお知らせします。デジデリオに関する資料、手元の本を調べたら、二冊ありました。書店で扱っているようでしたら、買って読み進んでみます。また図書館などで、他の資料も探してみます」

「九月二十一日。返事が遅れてすみません。この間お知らせした本のことですが、両方とも昔の本で、フィレンツェの大きな書店にもありませんでした。書店で聞いたところ、ミケランジェロのような有名な芸術家ではないので、扱っているところはないとのことでした。そこで美術専門の図書館通いを始めました。古本屋や町の本屋ものぞきながら情報収集を続けています」

「十月一日。資料探しが難航しています。美術専門の図書館のほとんどの資料が持ち出し禁止で頭をかかえています。ポルトガルで出版された『ポルトガル枢機卿の墓碑』に関する研究書が一冊あるのですが、絶版になっていて、図書館にもありません。他に資料は、ほとんどなく、調査はかなり難しいと思います」

「十月七日。森下さんご希望のホテルですが、朝飯とシャワーだけでいいとのことでしたので、駅の近くにあるペンショーネを予約しておきました」

「十月八日。森下さん、実は僕もこの変な話に非常に興味を持ち始め、まるでシャーロック・ホームズになったような気持ちです。『イタリア芸術の歴史』という本を読んでいたら、確かにデジデリオについては出生に不確かなものがありますし、アントニオ・ロッセリーノについても、

『ベルナルドの弟。デジデリオに近づき、彼の門下生だったらしい』

というように、曖昧《あいまい》な書き方をしてあります。ひょっとしたら、清水さんという人の言っているデジデリオの一生、本当かもしれませんよ」

資料探しに苦戦しながらも、彼は次第にデジデリオ探しに熱中し始めていた。私は、旅の同行者に恵まれたらしかった。

そして、ある日、彼からこういうアドバイスが送られてきた。

「十月九日。もし出来ましたら、森下さんが卒業された大学の教授に、貴方がデジデリオやルネサンス美術について調べている研究生であるという風な紹介状を、英語かイタリア語で書いてもらえないでしょうか。肩書の国イタリアでは、そういう物が威力を発揮して、普通の観光客では見ることのできない資料を見せてもらえることがあります」

私は思わず膝《ひざ》を打った。ヨーロッパは厳格な肩書社会だ。一介の観光客が、美術史の調査をしようとしても多分、相手にしてもらえない。それは、裏を返せば、肩書を証明する紹介状らしきものが一枚あれば、その威力を利用できるということだ。

けれど、私は美術史の研究生ではない。どこの組織にも所属していないし、何の肩書もない。残る手段は、ハッタリしかなかった。

私は、日本女子大学時代の恩師で国文学者の青木生子《たかこ》先生をお訪ねした。学生時代、青木先生の万葉集の講義は熱っぽくて、学生たちは、教壇の青木先生と万葉の女流歌人「額《ぬか》田王《たのおおきみ》」をイメージの上でダブらせて見ていたものだった。

事情を打ち明け、力を貸してくださいとお願いすると、先生は、

「あなたがイタリアの彫刻家について調べてるなんて、また、どうしてかと思ったけど、なるほど、よくよく聞いてみればあなたらしいわ、オホホホ……」

と、色白の首をそらして笑い、

「その前世の話、作り話なのか、本当なのかはわからないけど、どちらにしても面白いじゃないの。わくわくするわね。……わかりました。紹介状は自分でお書きなさい。私がそれにサインしましょう」

と、引き受けてくれた。自分自身の紹介状を書くなんて、もちろん初めてだ。

「この者、森下典子は、ルネサンス芸術とその背景、とりわけ彫刻家デジデリオ・ダ・セッティニャーノについての研究者である。必要とする資料を開示いただけるよう切に要望する」

少々気恥ずかしかったが、なにせ相手は肩書の国。臆《おく》してはならない。

これをスイス銀行に勤務していた友人に、正式な文書の書式に則《のっと》って、英訳してもらった。英語になるとなかなかの威厳が出た。

青木先生も、

「あなた、どうせなら便箋《びんせん》もこっちの方が重みがあるわよ」

と、英文の大学名と校章の入った便箋と封筒をくれた。

校章入りの便箋に、英文をタイプし、末尾に英語でサインを頂いた。

立派な紹介状ができ上がった。校章入りの英文を眺めると、ちょっと箔《はく》がついたような気がした。

考えて見れば、肩書とは一体何だろう……。私は「デジデリオ・ダ・セッティニャーノについて研究している者」であることは嘘ではなかった。自分で紹介状を書いて、どこが悪い。自分自身が書くのだから、一番確かではないか。そう思うと、ふつふつと自信がわいた。

これで、いいのだ。組織が発行した証明書や看板の力に頼って生きるより、自分で肩書を決め、自分で箔をつけて生きる方が、むしろ爽快だ。これからも、ずっとこうやって生きて行こう、と思った。

この紹介状が、デジデリオを探す旅の先々で、通行手形として想像以上の威力を発揮することになる。

新たな謎

一方、出発を二週間後にひかえて、私はもう一度、清水さんに会おうと思った。わざわざイタリアまで行くのだ。もう少し詳しく情報を集めておきたかった。

電話で、

「前世について調べるためにフィレンツェとポルトに行きます」

と伝えると彼女は、

「えっ」

と、絶句し、

「えらいことになったなあ」

と、ひとりごとのように呟いた。

「ついては、お願いがあります。出発前に、もう一度、前世を見てください」

「私、前に何しゃべったか忘れちゃったよ……」

彼女は、本当に忘れてしまったらしかった。昨年四月の取材から一年半がたっているのだから無理もない。そして、それは彼女の語っていることの真偽を知りたい私にとって、かえって好都合だった。

「いいんです、いいんです。……改めてもう一回、見てもらえますか?」

わずかな間《ま》の後、彼女は、決然とした声で、

「わかりました。見ましょう」

と、答えた。


十月九日。私たちはあの日と同じ寺にいた。

清水さんは、数日間、肉食を断っていた。私がイタリアまで行くと知って、体調を万全に整えて来てくれたのだ。彼女は加持祈禱《かじきとう》が始まる直前、

「カフェインを体に入れないと、あとで震えがくるから」

と、広間で抹茶を一服飲んでから、護摩火の前に向かった。

本堂の中は満員で、私たちは並んで座れなかった。清水さんは私の左斜め後ろに正座した。彼女のミニスカートの膝前に、あの日と同じベネチアのガラス瓶を置くと、数珠《じゆず》を手

にした隣のおばあさんが、あやしむように、私たちを見た。

「ナーマクサーマンダーサラナン……」

梵語の読経が始まった。

二分後。私の左肩越しにメモ用紙が、ひらっと投げてよこされた。拾うと、

「Biblioteca Laurenziana　わかりますか？」

と走り書きしてあった。

始まったようだ。

私は、肩越しに無言で頷いた。

「ラウレンツィアーナ図書館」それは、フィレンツェにあるメディチ家の図書館のことだ。ルネサンス時代の建築の本を読むうちに、本の中で何度か目にした名前だった。

すぐに次の紙切れが、私の膝の上に落ちた。

「Villa Medicea di Poggio A Caiano」

「ポッジォ・ア・カイアーノ」フィレンツェ郊外のメディチ家の別荘のある場所だ。これも、何度か見た地名だった。

斜め後ろをうかがうと、彼女は背中を丸め、時おり、かすかに首をかしげながら、あの日と同じように猛然と書いている。メモは次々に八枚、膝に降ってきた。そこには例によって、さまざまな漢字、片仮名、イタリア語が躍っていた。

「古代神殿、ポントルモ、作品、中央壁、Andrea del……、ロレンツォ、サロ

ン、Marchese、侯爵、Frescobaldi、哲学、神学、新プラトン主義、ルビー、ロビー、クレオ、図書館、壁画、ミケランジェロ、顔、馬の絵、ラピスラズリ、ベルト、カルツェ、ジョルネア、レース、Filippo Brunelleschi、Donatello、Lorenzo Ghiberti、マザッチオ、1401〜?、……」

二時間後、京都三条堺町にある古いコーヒーショップで、彼女は再び、私の前世を語り始めた。

「清水さんの話　二回め（要約）」

——あなたの名前は、デジデリオ・ダ・セッティニャーノ。一四三〇年に生まれ、一四六四年に、結核で死んだ。セッティニャーノ村にとっては、ポルトガル枢機卿の大事な預かり人だった。

デジデリオの工房の中が見える。三、四人の助手と、三人の子供の徒弟が手伝いをしている。助手の一人が、石板にデッサンを描いては、濡れた革の雑巾で拭き消している。デジデリオは、仕事をしながら、時々、焼き栗を口に運ぶ。その手にかかると、大理石が本来の硬さをなくして、柔らかいものになるようだった。

レオナルド・ダ・ヴィンチが、デジデリオの作品を盛んにスケッチしているのが見える——。

そして清水さんは、デジデリオの恋人について語り始めた。

――彼は、「ルビー」または「ロビー」あるいは「クレオ」という愛称で呼ばれていた。本名は、わからない。父親はフィレンツェの裕福な貴族だけれど、ルビーは正式な結婚から生まれた子ではなかった。彼は哲学、数学、語学、神学……あらゆる分野に秀でた秀才で、有名な学者。評論家や劇作家としても一世を風靡した。

サン・ロレンツォ聖堂の二階のラウレンツィアーナ図書館に、ミケランジェロが一五二三年頃に設計した、うねるような不思議なデザインの階段があって、この階段を上がったところに、教会のように椅子の並んだ幅広くて奥の深い廊下のような図書室がある（と彼女はメモに図書館の見取り図をサラサラと描いた）。ルビーは、この図書館に関係のある人物らしい。

ラウレンツィアーナ図書館の壁には、ミケランジェロがルビーをモデルにして描いた壁画がある。それは「馬の絵のそばにある」と、声が聞こえる。

それから、フィレンツェの北西にあるポッジォ・ア・カイアーノのメディチ家の別荘が見える。正面玄関が古代神殿風の造りになっていて、ルビーはこの建物にも関係があるようだけれど、どういう関係なのかはわからない。

ルビーと若いデジデリオが寄り添って歩く姿が見える。ルビーの服装は、カルツェというぴったりしたタイツに、ちょっと襟の立ったジョルネア。胸に本を抱えている。デジデリオもとてもお洒落《しゃれ》で、襟元にレースをのぞかせ、先の尖った洒落た革のブーツを履いている。

デジデリオはルビーのために、ラピスラズリという群青《ぐんじょう》色の貴石を細工したベルトを作って捧げたことがあった。――


清水さんが語り終えると、コーヒーショップの喧噪《けんそう》が戻ってきた。私は、もらったメモを一枚一枚めくりながら、ゆっくり文字を追っていたが、描きかけのまま、途中で斜線を引いた絵に目が留まった。

それは不吉な印象の絵だった。つばの広い帽子に、裾《すそ》の長いマントを着た人が、手に杖のような長い棒を持っている。その杖の頭に、ドクロが付いていた。

「これ、何ですか?」

清水さんは、サンドイッチを頰ばりながら、私の手元を覗き、

「ああ、葬式の行列みたいなのが見えた。黒ずくめの服装の人が先頭に立って歩いていくの。こうやって、シャーン、シャーンって、杖を振り下ろしながら」

と、斜めに杖を振り下ろす仕種《しぐさ》を二回してみせた。

私はすぐにペストを連想した。

一三四八年から五〇年のペスト大流行を発端に、一世紀以上にわたって、ヨーロッパはペストの猛威に繰り返し襲われた。フィレンツェでも一三四八年、六三年、七四年と大流行し、正確な数字は残っていないが、おそらく人口の半分を失ったといわれている。

ペストはヨーロッパが被《こうむ》った史上最大の災害だった。夜が明けるたびに、フィレンツェの家々の門口には、白いシーツにくるまれた死体が置かれていた。昨日まで黄金を身につけていた権力者、昨日まで愛し合っていた恋人が、今日は黒い死体になって野積みされているという衝撃と恐怖の記憶は、ヨーロッパ人の心に強く刻印されて消えなかった。黒衣の死神や、骸骨《がいこつ》の行進を描いた「死の勝利」「死の舞踊」と呼ばれる画像が無数に作られ、

「メメント・モリ（死を思え）」

という標語が世の中を覆《おお》った。

しかし、デジデリオが生きた一四三〇年から六四年を含む、前後五十年ほどの間、ペストの大流行はなかったはずだ。

「誰の葬式ですか？」

「わからない」

清水さんは、首を横に振った。この絵の意味は、わからないままになった。

他のページには、紋章のような幾何学模様があった。円の中が十文字に仕切られていて、仕切られた空白の中には、対角線状に翼をひろげた鳩らしき模様と、×に組み合わされた鍵が入っている。

「はっきり見えたんだけど……、何なんだろう」

彼女は考えこんでいる。

「ここにイタリア語でブルネレスキ、ロレンツォ・ギベルティ、ドナテッロ、マザッチオって並んでるのは、これ全部、当時の芸術家の名前ですよね。デジデリオと、どういう関係があるんですか？」

「……知らない。なにせ、見えたもの書いてるだけやから」

「じゃ、こっちの、ポントルモ、作品、中央壁っていうのは何ですか？」

「……ごめん。それも、わからない」

私はいくつかの手がかりと新たな謎を抱えて、夕方、京都を後にした。

デジデリオの恋人とは誰だったのか、結局、今回も名前は出て来なかった。しかし、前回の内容も含めて整理すると、ざっと次のようなヒントが並んだ。


「デジデリオの謎の愛人」
○「ルビー」（または「ロビー」または「クレオ」）という愛称で呼ばれた。
○フィレンツェの裕福な貴族の庶子である。
○哲学、数学、語学、神学など、あらゆる分野に秀でていた。
○評論家、劇作家としても一世を風靡した。
○プラトン・アカデミーの中心にいた有名な人物である。

○ラウレンツィアーナ図書館に関係がある。
○ミケランジェロがラウレンツィアーナ図書館の壁に、彼をモデルにした壁画を描いた。それは「馬の絵のそば」にある。
○ポッジォ・ア・カイアーノのメディチ家別荘に関係ある人物である。
○北欧人のようなブロンドで、すらりと背の高い、立派な体格の美丈夫。女性にも非常にもてた。
○デジデリオは、彼のためにラピスラズリという群青色の貴石を細工してベルトを作り、捧げた。
○彼はデジデリオの最期を看取った。

私は、さっそく部屋に積まれた本の中から、何冊かを抜きとってぱらぱらとページをめくり、プラトン・アカデミーについて書いてある部分に目を凝《こ》らした。

はたして、プラトン・アカデミーに、「ルビー」はいるか？

どの本にも必ず登場する名前が三つあった。

「主任教授マルシリオ・フィチーノ」

「哲学者ピコ・デラ・ミランドラ」

「詩人アンジェロ・ポリツィアーノ」

という常連三人組だ。

さて、清水さんの語る「ルビー」を特定するには、次の二つの必要条件を満たす人物をさがさなければならなかった。

①出身階層が貴族であること。

②デジデリオが死んだ一四六四年当時、すでに成人していて、なおかつ、死亡したのが一四六四年以降であること。

まずこの三人を、二つの条件に照らしてみた。

三人組の中で、「プラトン・アカデミーの中心にいた有名な人物」と言えば、マルシリオ・フィチーノだった。フィチーノは、コジモ・デ・メディチの援助を受けてプラトンの『饗宴』を翻訳した人物だ。彼は、一四三三年生まれで一四九九年に没している。デジデリオの死の時には三十一歳。恋人としてデジデリオを看取ることのできる充分な年齢だった。しかし、彼はコジモ・デ・メディチの主治医の息子で、貴族ではなかった。また、生まれつき体が弱く、背中の丸い憂鬱《ゆううつ》質の人物で、およそ「立派な体格の美丈夫」ではなかった。したがって、フィチーノは「ルビー」の条件からはずれる。

ピコ・デラ・ミランドラの出身階層は貴族だった。ピコは、ボッティチェッリの絵画に登場する天使のように眉目《びもく》秀麗《しゅうれい》で、気品があったという。しかし、一四六三年生まれで、デジデリオが死んだ年には、まだ一歳の赤ん坊だった。

アンジェロ・ポリツィアーノは、法律家の息子で貴族ではなく、一四五四年生まれで、一四六四年当時まだ十歳。これまた、ちょっと若すぎる。

結局、この三人の中に、「ルビー」の必要条件を二つながら満たす人物はいなかった。他のプラトン・アカデミーのメンバーについても、同じように年齢、出身階層を調べてみた。

「ラテン語学者クリストフォロ・ランディーノ」「詩人ルイジ・プルチ」「外交官ジェンティーレ・デ・ベッキ」「書籍商ヴェスパシアーノ・ダ・ビスティッチ」「音楽家アントニオ・スカルチャルーピ」……。やはり該当者はいない。「ルビー」は、中心的存在なはずなのだが……。

この問題は、そのままフィレンツェまで持ち越されることになった。

偶然に引き寄せられて

それにしても、今回新たに聞いた話の中で、特に映像的だったのは「寄り添って歩くルビーとデジデリオ」の服装の描写である。

「ルビーは、カルツェというぴったりしたタイツに、ちょっと襟の立ったジョルネア。デジデリオも、とてもお洒落で、襟元にレースをのぞかせ、先の尖った革のブーツを履いている」

私は、当時の男性の服装について調べるために、文化服装学院の図書館に行った。

「モードのイタリア史」（平凡社）によれば、十五世紀、北イタリアの若い男性のおしゃれは、タイツのようにぴったりした「カルツェ」というズボンに、ファルセットやジュベットという短い胴着の組み合わせだった。外出時には、袖《そで》なしのマントか、ルッコと呼ばれるフード付きの長いガウン、または、「ジョルネア」を羽織った。

ジョルネアは、頭からかぶる、馬の覆《おお》い布のように脇の開いた、ゆったりとした外套《がいとう》である。無地の地味なものから、毛皮で裏打ちされたもの、白地に金糸銀糸の刺繡を一面にほどこした絢爛《けんらん》豪華なものまでさまざまあった。ルネサンス時代の絵画では、見事な鞍《くら》をつけた馬に乗った若者が、赤いカルツェを穿《は》き、青いジョルネアを颯爽《さっそう》と翻《ひるがえ》している姿や、若い貴族たちが、左右柄違いの奇抜なカルツェに豪華な毛皮の縁取りのジョルネアを着ている姿が描かれている。

つまり、「ルビー」の着ていた「カルツェとジョルネア」は、十五世紀の男子貴族の典型的な外出着だった。

一方、デジデリオの方は、

「襟元にレースをのぞかせ、先の尖った革のブーツを履いている」

という。襟元にレースが見えるというのは、おそらく当時の最新流行だった「カミーチャ」という白いブラウスだろう。お洒落な若者たちは、丈の短い胴着の袖口や襟元に、さりげなくブラウスを見せることに熱狂した。このブラウスはしばしばオランダ製の白くて薄い麻布ででき、首の周辺は襞襟《ひだえり》になっていた。

ブーツも当時すでにあった。爪先の異様に尖ったスタイルは、十五世紀の終わりにはすたれたが、この時代には、まだ先の尖った子羊かカモシカの革靴を履いていた。

ベノッツォ・ゴッツォリ画『ベツレヘムへ向かう東方三博士』の一部。当時の若い男性の流行だった服装がうかがえる。パラッツォ・メディチ・リカルディ蔵。©Lessing／PPS

つまり、「寄り添って歩くルビーとデジデリオ」の服装に、時代考証上の問題はなかった。

ところで、この「モードのイタリア史」に、「腰帯」つまり「ベルト」について書かれた部分があるのを見つけた。

「ミラノ公がマントヴァ侯に、きわめて見事に細工された腰帯一品を贈呈した」

という記録があるのだ。清水さんは、

「デジデリオは、ルビーのために、ラピスラズリという群青色の貴石を細工したベルトを作って、捧げた」

と、語っていたが、この記録を見ると、男性間の贈り物として、細工ものの美しい腰帯が使われる習慣があったことがわかる。腰帯は紐《ひも》のように細く、ふつう絹製で、しばしば留具やボタンで飾られていた。当時、男性の間で、「カメオ」や「インタリオ」という陰刻した貴石や、宝石彫刻のアクセサリーが流行していたというから、貴石細工のベルトもあったかもしれない。

そこで私はデジデリオがベルトに使ったという「ラピスラズリ」について、鉱物学の本を調べた。

「ラピスラズリ」の産地はアフガニスタン北部。鉱物学上の名前は「青金石《せいきんせき》」。昔の日本では「瑠璃《るり》」と呼ばれた。目のさめるような濃青色の所々に黄金色の黄鉄鉱が点々と混ざり、その配色は「アラビア砂漠の夜空」だといわれている。砂漠の空は夜になると、黒ではなく濃い青になり、それに金色の星が無数にきらめくのだ……。

古代エジプトではラピスラズリは「ファラオの石」とされ、神殿や王の墓に用いられた。奈良の正倉院に「紺玉帯《こんぎょくたい》」と呼ばれる「ラピスラズリのベルト」が所蔵されている。黒革のベルトの上に、四角と丸形のラピスラズリの板が連なっている非常にモダンなデザインである。

ルネサンス時代、ラピスラズリは主に青色の顔料として使われていた。高価ではあったが、画家の工房などでは必需品だったし、ラピスラズリで細工したベルトがあっても、おかしくはない。特に、日頃、石を扱い慣れている彫刻家にとって、貴石細工はお手のものだったのではないか……。

そんなある日、歯医者さんの待合室で何気なく手にとった雑誌をパッと開いたら、カラーページの、こんな一文が目に飛び込んできた。

「古代エジプトでは、ラピスラズリは災難を避け、来世での幸福を約束する力のある石と信じられていました」

「………！」

ちょうどラピスラズリについて調べていた私は飛び上がった。ラピスラズリに「来世での幸福」という意味があったというのが心にひびいた。デジデリオは恋人のためにラピスラズリでベルトを作ったというが、古代エジプト人がその石に託した「来世」の意味を知っていただろうか？　そして、ベルトを贈られた恋人は……。

そういえば、さかのぼること半年前の一九九三年四月、わが家のポストに航空会社の機内誌が届いた。前に一度、原稿を書いたことがあったけれど、その号には書いていない。なぜうちに送られてきたのか、心当たりがなかった。おそらく何かの手違いだったのだろう……。

ポイと横へ置こうとして、表紙の写真に目が留まった。「その人も生まれ変わって、今、日本に生きている」と清水さんが名指しした「その人」がいた。なんと巻頭一五ページにわたる「ミラノ特集」で、北イタリアの霧の景色と、レオナルド・ダ・ヴィンチの「空気遠近法」について思索し、大人の街ミラノの魅力を書いていた。ページをめくるたびに、ミラノの大聖堂やアーケードをバックに、黒いロングコートで佇むその人が目に入る。

（イタリアが似合うなぁ～）

と、思った。

「偶然」がちょくちょく起こるようになったのは、このころからだった。何気なく広げた週刊誌や新聞の広告に、ちょうどその時探していた本の広告や関連記事が載っている。電車に乗ったら、隣に座った人が、それを読んでいたこともあった。そんなことが日常的に起こるようになった。

人間の集中力は、研《と》ぎ澄まされると、膨大な情報の大河の中から、自分が必要としている一本のワラを見つけるようになるのかもしれない。私の目は、どんな小さな情報も見逃さなかった。

ある日、ケネス・クラークの「レオナルド・ダ・ヴィンチ」という本を読んでいたら、不意にどこかにデジデリオのことが書いてあるような気がした。しかし、レオナルドとデジデリオは一世代違う。気のせいだと思ってページをめくろうとした時、手がとまった。ページの端に添えられた、見すごしてしまうほど小さな活字の注釈文に、こう書かれてあった。

「彫刻でレオナルドに影響を与えたのは、ヴェロッキオばかりではなかった。アントニオ・ポライウォーロの工房からも学ぶところがあった。また彼は、デジデリオ・ダ・セッティニャーノの作品に特に注目していたようである」

小さくドキリとしながら、やっぱり！　と思った。そういえば、清水さんが、

「レオナルド・ダ・ヴィンチが、デジデリオの作品を盛んにスケッチしているのが見える」

と、語っていたことを思い出した。

情報が引き寄せられてくる、と感じることさえあった。これは、後にこの本を執筆中の一九九五年に起こったことだ。その日、私は図書館で数冊の音楽事典を広げていた。前に

清水さんは、

「当時、聖歌隊では、変声期を迎える前の少年に去勢手術をしていた」

と言ったが、子供を去勢するなどという非人道的なことが本当に行われていたのか、調べるためだった。

実は、当時、カトリック教会のミサでは女性が歌うことは禁じられていた。けれど、ミサには女性でなければ出せない高音域が必要だった。「ボーイ・ソプラノ」が誕生したが、子供ゆえに声量が足りない。そこでそこで、大人の男性が裏声で歌う「ファルセット歌手」が登場した。しかし、やがて、ファルセット歌手より本物に近いあでやかな女声を出せる男性歌手たちが一世を風靡した。それが「カストラート」(去勢歌手)であった。

私はノートに「カストラート」と、メモした。それは初めて知った言葉であった。

公式な記録に残る最初のカストラートは、一五六二年にバチカン礼拝堂に現れた。彼らは少年の声色、声域を保持したまま、成人男子の肺活量によって、息の長いフレーズ、広い音域を歌うことができたという。イタリア・オペラの女役大スターになったカストラートは多く、そこまで出世しなくとも、金持ちのパトロンが付いたり、教会の合唱団員として、一生食うには困らなかった。だから、最盛期には、毎年四千人もの少年たちが、去勢手術を受けた。もちろん、誰でもカストラートになれたわけではない。音楽的才能が見分けられる時期で、声変わりの前だから、およそ十歳か十二歳ころ、かなり吟味され、合格した子だけが手術を受けた。カトリック教会は表向きこれを禁じたが、実際には黙認していて、カストラートは何と二十世紀の初頭まで、バチカン礼拝堂合唱団に実在した。

しかし、清水さんの話には矛盾があった。デジデリオの少年時代というと、一四三〇年から四〇年代頃のポルトガルのことだから、十六世紀とは時代的に隔たりがありすぎるのだ……。

その翌朝、新聞を広げ書籍広告に目を落とした時、私は釘づけになった。

「カストラートの歴史」

その横に「『カストラート』映画化！」という文字が躍っていた。

これはただの偶然か、それとも……。目眩《めまい》がした。

私はさっそく「カストラートの歴史」を買った。数ページと読み進まぬうちに、十六世紀にバチカン礼拝堂に現れるよりはるか古く、すでにイベリア半島の主だった教会では去勢歌手が存在したことがわかった。

「王家は彼を聖歌隊で教育し、いずれ法王か有力な聖職者の目に留まったら、寵愛を受ける小姓にする心づもりだった。そうなれば、一生安泰に暮らせる」

「けれど、手術を受ける前に、デジデリオは聖歌隊をやめている。歌の素質はなかったから」

という言葉にも矛盾はなかったのだ。

出発が三日後と近づいてきた。私は原稿を片づけるのに追われ、毎日、明け方までワープロに向かっていた。

その日も、仕事を終えると午前四時だった。居間でお茶を飲みながら、何気なく前日の新聞のテレビ欄に目をやった。

「デシデーリア＝欲望」

という映画が載っていた。そのタイトルに目が留まった。変なタイトルだと思った。

「………」

活字の上を視線が幾度もなぞった。

「デシデーリア＝欲望」

あっ、と思わず声が出た。

「Ｄｅｓｉｄｅｒｉａ」は「Ｄｅｓｉｄｅｒｉｏ」の女性形である。

そして、「＝欲望」

そういえば、「Ｄｅｓｉｄｅｒｉｏ」という名前は、英語の「ｄｅｓｉｒｅ（欲望）」という単語に似ている。

（もしかして……）

私は、新聞を広げたまま仕事部屋に戻り、窓が四角く白み始めた部屋の中で、本棚から「新伊和辞典」（白水社）を引き抜いた。ずっと彼の生涯や時代背景を調べてきたのに、こうして名前を引くのは初めてだった。名前そのものの意味なんて、考えてもみなかったのだ。

ページを繰っていくと、「desiderio」という一般名詞があった。

『desiderio』（名）①欲望、欲求　②望み、願い　③情欲、肉欲」

知らなかった……！　デジデリオは、「欲望」という名だったのだ。

はっとするものがあった。

美術史に書き記されたデジデリオは、美しい作品を残し、若くして死んだ芸術家である。それだけしか知らなければ、ちょっと覚えにくい、変わった名前だと思うだけだ。

しかし、デジデリオを清水さんが語ったような男だと考えたら、どうだろう。

王族が町娘に産ませた私生児。法王か有力な聖職者のお相手をする小姓になったかもしれない少年。欲情にまみれて、享楽の中で生き、男の愛人に看取られて死んだ男……。

彼にデジデリオ（欲望）という名は、あまりにも暗示的ではないか？　人は、もしかすると、名づけられたように人生を生きてしまうのだろうか？

私は、ふと、レオナルド・ダ・ヴィンチが、愛する美少年を「サライ」と呼んでいたことを思い出した。「サライ」という名は、小悪魔を意味する。小悪魔と呼ばれた少年は、その名の通り、レオナルドを困らせる素行の悪い愛人になった。

「欲望」と名づけられた美少年はどうだろう。彼もまた、その名の通りの人生を送ったのだろうか……。

それにしてもデジデリオ探しの旅の出発直前に、映画のタイトルから名前の意味を教えられるとは！

清水さんの言葉は本物か、作り話か？　裏に何かトリックがあるのではないか？　私はそれを見きわめようと、謎解きに挑んでいる。そんな私の身の回りに、次々に偶然が起こって情報を与えてくれる。それは「ただの偶然」かもしれなかった。あるいは、人間にはもともと、必要なものを的確に見つけ出すすごい能力があるのかもしれない。

しかし、清水さんとも、私の意志とも関係ないところで、不可抗力的に起こる偶然に、私は何か全く別個の「流れ」のようなものを感じていた。私がデジデリオを追いかけると、その「流れ」が私の人生に接近し、タイミングよく交錯してくる。

私はもしかすると、何かにたぐり寄せられているのかもしれないと感じた。

「待っている。早く来い、早く！」

と。


東の窓が、水色の時を迎えていた。

第二章　前世への冒険

1　フィレンツェにて

若き水先案内人

一九九三年十月十五日。私は重たいリュックサック一つを背に、フィレンツェ中央駅に降り立った。

ローマのテルミニ駅から、朝八時発の特急ユーロシティーでちょうど二時間。

フィレンツェは、雨だった。

巨大な鉄骨屋根がかかった長いホームを歩くと、たくさんの人が行き交う広いコンコースに出た。私はリュックサックを下ろした。そこが、通訳の西山隆介さんと約束した待ち合わせ場所だった。

ターミナル駅構内を、梱包した荷物やスーツケースを積んだ台車が往来し、早口のイタリア語が聞こえる。「マンマ！」と泣きじゃくる子や、抱き合ったまま動かない人の間を、人と荷物が流れていく。

列車の発着時刻掲示板を見上げると、文字がパラパラと動いて、ボローニャ、ローマ、ベルン、ジュネーヴ、パリと、列車の終点が表示される。

ぽつんと「外国にいる」と感じた。

どこからかコーヒーと、焼きたてのワッフルの甘い温かな匂いが流れてきた。肌寒い。足元のリュックサックから長袖のセーターを引っ張り出して、コットンの縞のシャツの上に重ね着した。

その時、往来の中に立っている肩幅の広い日本人と目が合った。彼は、まっすぐに近づいてきた。

「西山です」

「……あ、どうも。森下です」

挨拶をしながら、自分がなぜか、ファクスの向こう側にいるのが、モジリアニのように痩せこけた腺病質な青年であると勝手に思い込んでいたことに気付いた。茶色いコーデュロイのジャケットを着て目の前に立っている青年は、太っていて血色もよく、つるの細い眼鏡をかけて、意志が強そうに口を一文字に結んでいる。

「荷物、ほんまにこれだけですか？　もっと、ぎょうさんあるかと思うてました」

彼は私のリュックサックを軽々と持って歩きだした。体格のいい関西弁の若き芸術家……。その背中に、ふと、若き日の開高健さんを思い出した。

西山さんは、京都府八幡《やわた》市出身の二十七歳。二十歳でイタリア国立美術院フィレンツェ校に留学し、在学中に、パリ・サロン・ドートンヌに入選。卒業して、油彩、版画、舞台美術のデザイン制作などを手がけている。アトリエを兼ねたアパートで、やはり画家である年上の日本人の奥さん、息子さんと三人で暮らしている。

「先に、ペンショーネにチェックインしはった方がいいですね」

「ええ。それから作戦会議しましょう」

「僕も報告することがぎょうさんあります」

　話しながら連れだって中央駅を出たところで、私はその景色に思わず立ち止まり、心の中で両の腕を大きく広げた。声にならない溜め息が洩れた。

　通りを挟んで目の前に、教会がそそり立っている。

「サンタ・マリア・ノヴェッラ教会です」

　と、西山さんが指した。

　胸がじーんと熱くなった。

（とうとう来た……！　フィレンツェに来た……！）

　その時、私はまだ、デジデリオが一人前の彫刻家として最初に仕事をしたのが、そのサンタ・マリア・ノヴェッラ教会の説教壇のレリーフだったということを知らなかった。


　ペンショーネは、中央駅から歩いてほんの三分の場所にあった。裏通りに面した建物の三階。星五つまであるランクの「二ツ星」という、中の下くらいの小さな宿だった。煤《すす》けた石造りの建物の入口には「ARBERGO《アルベルゴ》　DÉSIRÉE《デジレ》」（デジレ荘）と書かれた門灯がついていた。

西山さんは、薄暗いホールにある、鳥カゴのような、むきだしの鉄のエレベーターのドアを開けた。鳥カゴに入って、内側からドアをガチャンと締め、ボタンを押すし、カゴは音もなくスーッと上がり、三階で止まった。そこが「デジレ荘」の入口だった。建物の外が古くて煤けているわりに、中は新しくて小ぎれいだった。

「ボンジョルノ、シニョーレ！」

西山さんが声を掛けると、奥のテレビのある部屋から、燃えるような赤いセーターを着た髪のまっ白いおじさんが、

「ボンジョルノ！」

と、愛想よく出てきた。プロの慇懃《いんぎん》さの匂う大ホテルの従業員とは違って、小さな宿屋のご主人は素人っぽく親切だった。

案内された私の部屋は、絨毯《じゅうたん》を敷いた廊下沿いの六畳ほどの部屋で、ベッドと洋服ダンス、それに小型テレビがポツンと置いてあった。シャワールームは畳一枚分くらいの空間で、トイレと洗面台が一緒にくっついている。

窓の鎧戸《よろいど》を押し開くと、目の前に隣の建物の壁がそそり立っていて、眺めのいい部屋というわけにはいかなかったが、それでも、清潔で静かなのがありがたかったし、何よりも朝食付きで一泊八万五千リラ（当時で約六千八百円）というのは、ホテルの高いフィレンツェにしては格安だった。

食堂は、雨なのに明るかった。十脚ほど並んだテーブルには、赤白の格子縞《こうしじま》のクロスが

掛かっていて、バルコニーの鉢植えに、赤とピンクのゼラニウムの花が咲いていた。バルコニーからは、民家の赤褐色の瓦屋根が波のように連なって見え、波の向こうに、フィレンツェのシンボル「花の聖母マリア大聖堂」の赤いドーム屋根、通称「ドゥオーモ」が見える。

「ここからドゥオーモまで、歩いて五分くらいです」

西山さんはそう言いながら、食堂の椅子に腰を下ろした。

私たちは、そこで作戦会議を始めた。まずは、西山さんからの調査報告だ。デジデリオの生涯について、何かわかっただろうか？

彼は重そうな二つの紙袋の中から、パンフレット、本、コピーの束を取り出して、どさりとテーブルの上に置くと、その中から、厚さ一センチほどの製本コピーを私に見せた。

表紙の藁《わら》半紙に、

「DESIDERIO　DA　SETTIGNANO」

とタイプした紙が張り付けてあった。著者名は「イダ・カルデリーニ」。

「図書館で見つけました」

表紙をめくると、びっしりと並んだイタリア語の所々に、鉛筆でアンダーラインが引いてあった。

「これ、みんな読んだんですか？」

「読ませてもらいました。その中から、デジデリオの生涯について書かれた部分を抜き出して要約したんが、これです」

彼は口をきりりと結び、ホチキスで綴《と》じた十枚くらいの薄い手書きの日本語のレポートを差し出した。その重々しい手つきが、翻訳に相当苦労したことを語っていた。

「僕ら、アカデミアで絵の勉強した者は、イタリア美術史の講義も受けました。デジデリオ・ダ・セッティニャーノは、確かに美術史に出てきましたけど、名前くらいしか習いませんでした。イタリア人のクラスメートに聞いたら、『それ誰や』いう感じでした。今回は、いい勉強させてもらいましたわ」

私はそのレポートの、きれいに清書された文字に目を落とした。ファクスのやりとりで見慣れていた彼の筆跡とは明らかに違う、大人っぽい女性の文字だった。奥さんの協力があったことがすぐに分かった。

古文書が語る

イダ・カルデリーニ著「デジデリオ・ダ・セッティニャーノ」より抜粋

「デジデリオは、父バルトロメオと母モンナ・アンドレアの子として、フィレンツェの東に位置するセッティニャーノという三日月形をした村に生まれた。一四二七年の土地台帳によると、父バルトロメオは当時、七人の子持ちで、染色屋ジョヴァンニ・ディ・ルーカの小さな家の横にある薬草や果物が豊富に採れるこぢんまりとした菜園の百姓であった。

デジデリオの幼年時代のことはわからない。一四四七年、デジデリオの七歳年上の兄ジェリが石工・木工師組合に登録し、四年後には長兄のフランチェスコと、百姓だった父バルトロメオも彫刻家として登録している。

デジデリオの最初の仕事は、一四五三年のサンタ・マリア・ノヴェッラ教会の説壇のレリーフだった。その年、彼は石工・木工師組合に入会を許可された。同年、サンタ・クローチェ教会の『カルロ・マルズッピーニの墓碑』制作という大仕事が入る。

三年後、デジデリオは、サンタ・マリア通りに兄ジェリと共同で家を買った。サンタ・トリニタ橋の近くにアトリエを構え、その工房には、客の百リラの支払いを待っている完成した彫刻がずらりと並んでいた。

デジデリオの妻の名はモンナ・リサ。デジデリオは彼女との間にマリア、カルネリ、ベルナルディーノという三人の子供をもうけた。しかし長女マリアは、わずか八ヶ月で死に、サント・アンブロージョ教会に葬《ほうむ》られた。

そして、一四六四年一月十六日、デジデリオはサン・ピエロ・マッジョーレ教会に埋葬された」

「やっぱり、妻子がいたんだ……」

私は、まるで自分の恋人に、妻子がいることを知ったかのように、じっと妻子の名前を見つめた。

「デジデリオの妻は、ブルージュの商人の娘だった。妻との間に子供もいたようだが、それは見えない」

と、清水さんは語った。妻子の存在を証明する資料は、初めてだった。

こうして「マリア、カルネリ、ベルナルディーノ」という、三人の子供の名前まで見ると、美術史のページというまったいらな紙の上にいた「彫刻家デジデリオ」が、急速に、生身の人間に感じられてくる。所帯の匂いは、五百年前に死んだ男まで生き返らせてしまうのだ。

西山さんによると、デジデリオについての研究書は三冊あった。

その一冊が、このイダ・カルデリーニ版の「デジデリオ・ダ・セッティニャーノ」（一九六二年）。

次が、私が高辻先生に翻訳して頂いたドイツ語のレオ・プラニシヒ版「デジデリオ・ダ・セッティニャーノ」（一九四二年）。

そして、もう一冊は、クラレンス・ケネディーの「古文書館記録　デジデリオ・ダ・セッティニャーノと家族の記録」（一九三〇年）だ。

このうち三冊めのクラレンス・ケネディーの資料が最も古く、その後のデジデリオ研究の原本になっているという。

「そのクラレンス・ケネディーの資料は、見つかった？」

「実は、図書館にあるにはあったんですが、これが『コピー厳禁』の重要資料だったんです。手書きで写すには、あまりに膨大な量なんで、気が遠くなりそうでした」

ファクスに「ほとんどの資料が持ち出し禁止で頭をかかえています」と書いていたのは、そのことだったらしい。

「手書きで何ページか写し始めたんですが、一ページ写すのに何日もかかるんです。それで、こうなったらイチかバチかだと思いまして……」

彼は思い切って賭けに出た。ある日、図書館のコピー係のおばさんのところへその本を持って行き、「コピー厳禁」のスタンプを押してある表紙を裏返して、何も言わずにつっと差し出した。おばさんは、表紙をチラッと見て、それから文句を言おうと彼の顔に視線を移した。彼は、すかさずイタリア語で小さく、

「お願い」

と呟いて、おばさんの目をじっと見つめ、ウィンクした。おばさんは「仕方ないわね、わかったわ」というように、ゆっくり頷《うなず》いて、そのままコピーしてくれた。

「その成果が、これです」

手渡されたコピーは、厚さ五ミリほどだった。

「APPUNTI《アップンティ》　D'ARCHIVIO《ダルキヴィオ》」（古文書館記録）

その中に、デジデリオの父母から妻子に至る一家の克明な土地台帳が載っていた。同居

中の家族一人一人の名前、年齢。それぞれにいくらの税金が課せられたのかまで記録されていた。

「ここを見てください」

私は西山さんが開いたページの小さな活字に目を凝らした。

最初に登場する土地台帳は一四二七年七月七日。そこに、デジデリオの父バルトロメオの一家が記載されていた。父バルトロメオは四十五歳、母モンナ・アンドレアは三十六歳。その下に、フランチェスコ（十四歳）、ウリーヴァ（十三歳）、ラ・ラジア（十一歳）、メケーラ（九歳）、ラ・ヴェゾーザ（七歳）、ジェリ（四歳）、パスキーノ（二歳）という七人の子供の名前が記されている。デジデリオはまだ生まれていないから、もちろん、彼の名はない。

さて、そこから先、記録はなぜか二十年間もとんでいる。次の記録は一四四七年。兄ジェリが石工・木工師組合に入会した時のものだ。デジデリオは一四三〇年生まれだから、すでに十七歳に達しているはずである。ところが、ここにも名前はない。

「デジデリオは、いないんですよ」

と、西山さんは言った。

「……ほんとだ」

文字を目で追いながら私も呟《つぶや》いた。

一四四七年の記録は、兄に関するものだから、デジデリオの名を書く必要がなかっただけだと言うことも、もちろんできる。土地台帳の欠けている期間に生まれ育ったから、記録がないのは当然だとも考えられる。しかし、それさえあれば、デジデリオがセッティニャーノ生まれであることを完璧に証明できたはずの記録が、ないのだ。

「デジデリオは石工の実の子ではなく、ある日、突然現れた預かり子だった」

という清水さんの言葉が浮上してくる。

実は、デジデリオがバルトロメオの本当の子ではなかったのではないかと疑う余地は、他にもある。記録によれば、ジェリ、フランチェスコの二人の兄、父バルトロメオも石工・木工師組合に入り、一家で彫刻をしていたはずなのに、彼らの作品は一つも残っていない。デジデリオと共同で工房を開いていた兄ジェリの作品さえないのだ。当時、家族で工房を開いた者は他にもたくさんいたが、そういう場合でも、互いに一本立ちした才能ある芸術家であれば、それぞれの作品が残っている。たとえば、アントニオおよびピエロ・デル・ポライウオーロの兄弟、ニコラおよびジョヴァンニ・ピサーノの父子、そしてベルナルドおよびアントニオ・ロッセリーノの兄弟、ルカ・デラ・ロッビア一族などがそうである。ところが、デジデリオの兄たちの作品は一つも残っていない。末っ子のデジデリオ一人にだけ、芸術的才能があったとすれば、もしかすると、この兄弟には血のつながりがなかったのではないか……。

ともあれ、デジデリオの名前は一四五一年、突然二十一歳になって、バルトロメオの息子として初めて土地台帳に登場する。

《デジデリオの系譜》

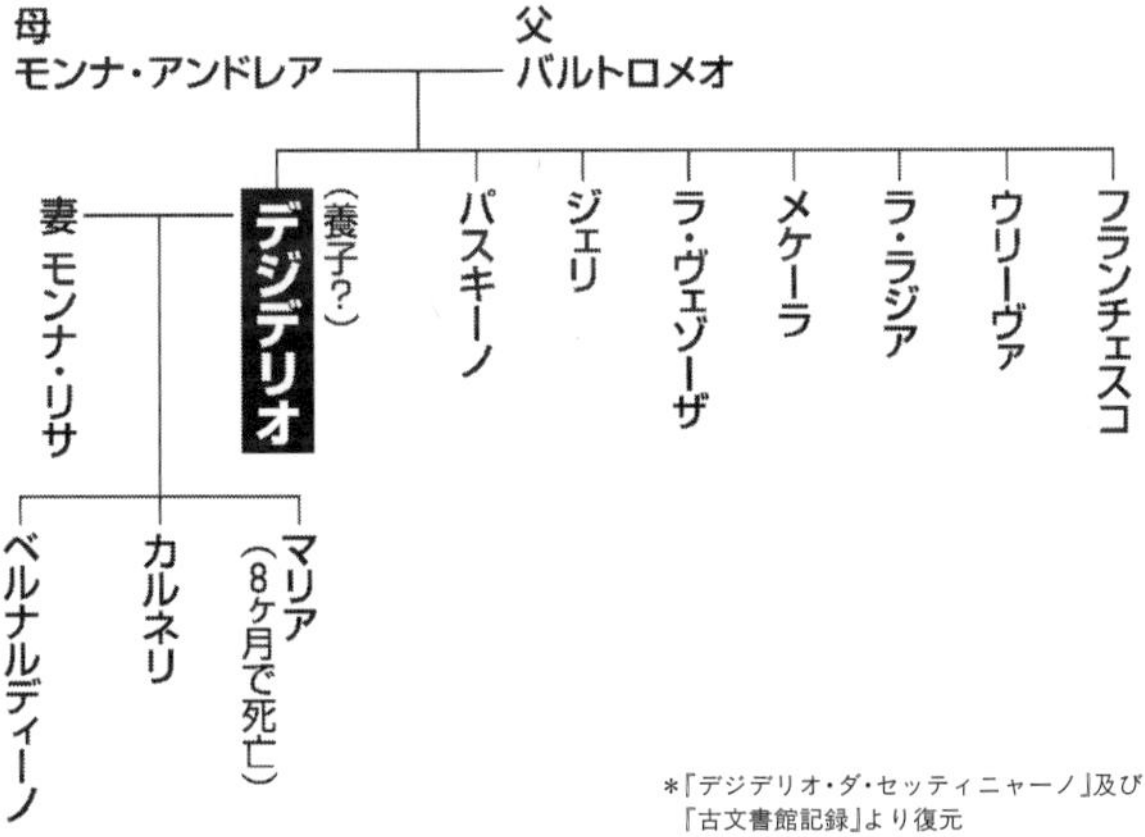

*「デジデリオ・ダ・セッティニャーノ」及び「古文書館記録」より復元

「一四五一年　バルトロメオの息子デジデリオ」

　その年から、デジデリオが記録に頻繁に顔を出すようになる。

　一四五三年二月二十六日　デジデリオに、サンタ・マリア・ノヴェッラ教会の説教壇のレリーフの仕事が来る。これは他の彫刻家との共同制作で、その相手は、同郷の友人アントニオ・ロッセリーノだった。

「プロコンソロ通りの彫刻家　アントニオ、二十五歳」

「彫刻家　デジデリオ、二十一歳」

と、若い二人の名前が文書に並んでいる。

　そのすぐ後の文書。

「セッティニャーノのデジデリオを、石工・木工師組合に登録することを認可する」

「一四五六年　サン・ピエロ・マッジョーレ教会の教区内、サンタ・マリア通りに、兄ジェリと共同で家を購入」

「一四五七年　左官屋レオナルドと訴訟」

「一四五八年　サンタ・トリニタ橋近くの、パンチャテッキの所有する建物の中に、工房を構える。工房の家賃は年間十三フィオリーニ」

その頃の資産台帳には、デジデリオの名前の下に、

「デジデリオの妻　モンナ・リサ　二十一歳」

「デジデリオの子　マリア　八ヶ月」

と書かれている。

だが、同じ一四五八年の記録に、

「デジデリオの子、マリアをサント・アンブロージョ教会に埋葬」

とある。

一四五九年の税金の記録もある。

「フランチェスコ　ソルディ2
ジェリ　ソルディ3
デジデリオ　ソルディ4」

兄弟三人の中で、デジデリオが一番多く税金を払っている。稼ぎ頭だったことが、数字

Franciscus Jacopi Schiactesi fornerius intravit ad matriculam comitatus die 23 ottobris 1451.

Franciscus Mei Ferri scarpellator de Settignano Chimentus Angeli vocatus lastraia scarpellator de Septignano Meus Nannis Berti scarpellator a Settignano Nicolaus Dominici vocato Menchino scarpellator de Septignano	in libro campionum a c. 590[1]

. . . .

Iohannis Romuli scarpellator de Fesulis
Brosius Benedicti scarpellator de Fesulis

IV[2].

1451[3].

Archivio di Stato di Firenze, Catasto, filza 767: *Portate del 1451 del Quartiere di San Giovanni, n. 246 a 273*, a c. 539, 544 tergo.

258[4] Quartiere di Santo Giovanni
Piviere di Ripoli
Popolo di Santa Maria a Settignano
Podesteria di Piano di Ripoli

Meo di Francescho di Bartholo detto Meo di Ferro à d'estimo in detto popolo soldi undici e danari otto. El detto Meo è scharpellatore;

[1] Cfr. la nota 2 a pag. 262.

[2] Del popolo di Santa Maria a Settignano esistono anche le portate dell'anno 1435 (Arch. St., Fir., Catasto, filza 598: *Portate del 1435 del quartiere di San Giovanni dal n.° 257 al 273, piviere di Ripoli e Fiesole;* popolo 258) ma è certo che alcune mancano, e forse perciò non sono riuscito a trovare quella del padre di Desiderio.

Per l'anno 1444 pare che le portate al catasto di questo popolo siano state perdute, ad eccezione di alcune che ora si trovano fuori di posto fra quelle dei popoli vicini (Arch. St. Fir., Catasto, filza 637; *Portate del 1444 del quartiere di San Giovanni dal n.° [illegible] al 256, piviere di Gropina, San Giovanni a Remole e Ripoli.*

[3] Questa portata, come tante altre della serie, non ha nessuna indicazione della data. Però, di solito le portate di un popolo piccolo come questo sono recate durante un periodo di pochi giorni, e siccome ce n'è una vicina che è datata 9 novembre (senza l'indicazione dell'anno) perciò dobbiamo credere che anche la portata di Meo fosse scritta nelle prime settimane di novembre, probabilmente dell'anno 1451.

[4] Con questo numero è designato il popolo di Santa Maria a Settignano, dal 1427 in poi.

『APPUNTI D'ARCHIVIO』(古文書館記録)より。バルトロメオの息子として初めて21歳のデジデリオの名前が記されている。

に表れている。
「一四六一年　オルビエートの大聖堂の礼拝堂の原案を作った」
「一四六四年一月十六日　デジデリオ、サン・ピエロ・マッジョーレ教会に埋葬される」

生きた証

昼食後、私は西山さんに案内されて、さっそくデジデリオの作品を見に出かけた。

フィレンツェ中心部の石畳の路地は狭い。両側を石造りの要塞のような壁に挟まれ、用心深く曲がりくねっている。舗道を照らすのは、レストラン、ブティック、カフェから漏れる明かりだ。日の当たらない湿った路地の壁と壁の隙間から見上げると、空も細長く曲がりくねっていた。

角を曲がった途端、私たちはドゥオーモ広場に立っていた。白大理石にサーモンピンクと緑の幾何学模様をはめこんだ総レースのような壁面が、視界の全てを占領した。赤い大円蓋《えんがい》は、とても建物の下からでは見上げられない。教会は、神の偉大さを知らしめ、神の代理人としての教会に畏敬の念を抱かせるために、神の国のとてつもない華麗と荘厳を作り上げて、民衆の肝をつぶしたのだ。

花の聖母マリア大聖堂は、今日も美しかった。かつて世界一繁栄した都市の中心地は、いまだに強い磁力でまわりを引きつけているように見えた。

そのドゥオーモ広場から北西に二百メートルほど離れた広場に、メディチ家の菩提寺《ぼだいじ》であるサン・ロレンツォ聖堂がある。象がん細工のドゥオーモに比べ、サン・ロレンツォ聖堂の壁面は粗いレンガを積んだだけの殺風景なものだった。そのファサード（建物の正面）を、ミケランジェロがデザインするはずだったが、未完のままになったのだ。

サン・ロレンツォ聖堂前の広場は、浅草寺の門前のように、土産物、革製品、衣料品などの屋台が密集する市場になっていた。物売りの声がにぎやかに飛び交うその広場を、教会の入口へ向かって横切ると、足元からばさばさと一斉に鳩の群れが飛び立ち、レンガ造りの聖堂の上空で大きな渦を巻いた。


聖堂の入口をくぐると、外の喧噪がしんと止んだ。内部は、外側から眺めて想像するより、何倍も広く、高く、深い。私は怪物の腹の中のような、巨大な闇に飲み込まれていた。

西山さんは、鏡のように平らな大理石の床にヒタヒタと足音を響かせながら、闇の奥へ真っ直ぐに歩いて行った。その後ろを追った。大理石の円柱と、半円形のアーチを幾つも通り過ぎた。華やかなステンドグラスはない。アーチの腋窩《えきか》には漆黒《しっこく》の闇があり、柱と柱の間に花畑のように無数の蠟燭《ろうそく》の灯明が揺れていた。華燭《かしょく》と暗黒が交互に、現れては消えた。それは、まるで中世の暗い森の中だった。ひんやりとした陰気な空気の中に、私は、締め切った書庫のような、埃《ほこり》と黴《かび》の混じり合った匂いが染みついているのを嗅いだ。

右廊の一番奥で西山さんは立ち止まり、私を振り返った。

「これが、デジデリオの『サクラメントの祭壇』（178頁口絵）です」

その壁面は、白っぽい灰色に浮かび上がっていた。ゆっくりと近づいた。上からの照明で、人の背丈よりやや大きな祭壇が、壁面に半ば埋めこまれているのが、密やかに照らし出されていた。静かな対面だった……。

それは石塊を相手に格闘して、ドラマチックで力強い肉体を彫り出したミケランジェロのような彫刻ではなかった。むしろ、細やかで楚々《そそ》とした表情の彫刻だった。観音開きの仏壇を閉じたような形の祭壇の左右には燭台《しよくだい》がある。その燭台に、女のような顔の、薄物をまとった若者が寄り添うように立っている。台座の部分には、キリストの遺体を抱いた聖母マリアと聖ヨハネのレリーフが彫られている。そして祭壇のてっぺんには、丸々として愛らしい「幼子キリスト」の像が彫刻されていた。

私は作品に触れようと近づいた。大理石の表面はつるつるに磨きをかけて仕上げられ、鑿《のみ》の跡すら見えなかった。

「どうです、何か感じますか？」

西山さんが、半ば冗談、半ば本気の目で、こちらをうかがった。

「…………」

「作った記憶は？」

「……ない」

と、私は笑った。心のどこかでかすかに期待していた「前に見たことがある」というあの感覚も、胸が熱くなるような特別な感動もなかった。あれほど見たいと焦《こ》がれて来たのに、それは拍子抜けするほど、あっけない対面だった。

感じたのは、来たかった場所に、とうとう来たという感慨。そして、もう一つ、あたりの空気が、古い締め切った書庫のような匂いだということ……。それは図書館の奥で、茶色く変色した古文書をそっと開いた時、ページの綴じ目からぷんと匂ってくる、懐かしくて、なぜか心落ち着く匂いだった。


暗闇から表へ出ると、広場はまた降り出した雨に濡れていた。土産物の屋台の人たちが、ばたばたと慌ただしく店じまいをしていた。私たちは傘をさして、要塞のような壁に挟まれた狭い石畳の路地を歩き始めた。

十分ほど歩いて、目の前にパッと花が開いたようにその教会が現れた瞬間、道に迷って、花の聖母マリア大聖堂の前に戻ってしまったような錯覚に陥った。ファサードが、大聖堂とそっくりの、総大理石装飾だったからだ。

サンタ・クローチェ教会。ここは、歴史上の有名人の墓碑が集まっていることで知られていた。入口をくぐって、すぐ左に「地動説」のガリレオ・ガリレイ。右にミケランジェロ。奥には「君主論」のマキャヴェリが眠っていた。そうした墓碑の前には、観光客たちが足を止めていた。

しかし私たちは、列柱に沿ってずんずんと左廊の奥に向かった。そこに、デジデリオが二十三歳で石工・木工師組合に入会した年に依頼された出世作「カルロ・マルズッピーニの墓碑」があった。

壁面がアーチ型にくりぬかれ、その奥に、脚付きの石棺が置かれている。棺《ひつぎ》の上には寝台があり、裾の長いガウンで盛装した人物が、胸の上に両手を重ねて横たわっているのが、蠟燭の明かりに照らされている。つまり、埋葬された故人の姿ごと、丸ごと記念碑として彫刻にして飾った墓である。

日本人には理解しにくい趣味であるが、こういうスタイルが、当時のヨーロッパの社会的地位のある人々の墓の主流だった。特に権力者ほど、オペラの舞台のような、ゴテゴテと飾りたてた墓碑を注文したらしい。この「カルロ・マルズッピーニの墓碑」も、花綱や天使で仰々《ぎょうぎょう》しく縁取られ、まるで凱旋《がいせん》アーチのようだ。

教会の中央通路を挟んで反対側の右廊に行くと、デジデリオがこの墓碑を作る際、手本にしたというベルナルド・ロッセリーノの作品「レオナルド・ブルーニの墓碑」がある。なるほど、よく似ている。

デジデリオの作品の前に戻った。墓碑のアーチの左右には、死者の眠りを邪魔する者から守るように、手に楯を持った一対の天使像が立っている。私は左の天使の顔を見た。

フラ・アンジェリコの絵などで見る天使は、男とも女とも、大人とも子供とも見分けのつかぬ「翼ある者」で、その目はいつも虚《うつ》ろに天に向けられている。しかし、その天使は、背中に翼は生えているが、普通の人間の子供であった。

ふと、さっきサン・ロレンツォ聖堂で見た、「サクラメントの祭壇」のてっぺんの、みずみずしくて子供らしい「幼子キリスト」の印象が蘇った……。

実は、愛らしい「幼子キリスト」像というのを私は、ほとんど見たことがない。それは、たいてい幼児の体に似合わぬ超然とした大人の顔をして、奇異に見えた。教会が「神の子」を普通の人間の子のように表現するのを嫌ったのかもしれない。デジデリオの「幼子キリスト」は、赤ん坊の柔らかさとぬくもりが伝わってきて、見ていると、その表情につい口元が微笑《ほほえ》んでしまう、そんな出色の幼児像だった。

それから私は「カルロ・マルズッピーニの墓碑」の凱旋アーチのような彫刻全体を見渡し、腕を組みながら、傍《かたわ》らの西山さんに言った。

「デジデリオの作品て、祭壇とか墓碑とか……。日本的に言えば、彼は仏壇職人のようなものだったのかしら……」

その瞬間、また、あの匂いがした。茶色くなった古文書の綴じ目からぷんと匂う、締め切った図書館の奥の黴と埃の匂い。

その時私は、五百年前に、デジデリオが嗅いだのと同じ匂いの中にいることに気付いた。デジデリオは、きっとこの匂いと、大理石の細かな塵《ちり》の中にいたのだ。デジデリオの巻き毛や体にもこの匂いが染みついていたかもしれない。

ふと、すぐそばの大理石の石段に、タイツとブラウスだけのデジデリオが無造作に腰をおろし、頬杖を突いてこちらを見ているような気がした。

「カルロ・マルズッピーニの墓碑」デジデリオ作（サンタ・クローチェ聖堂内）

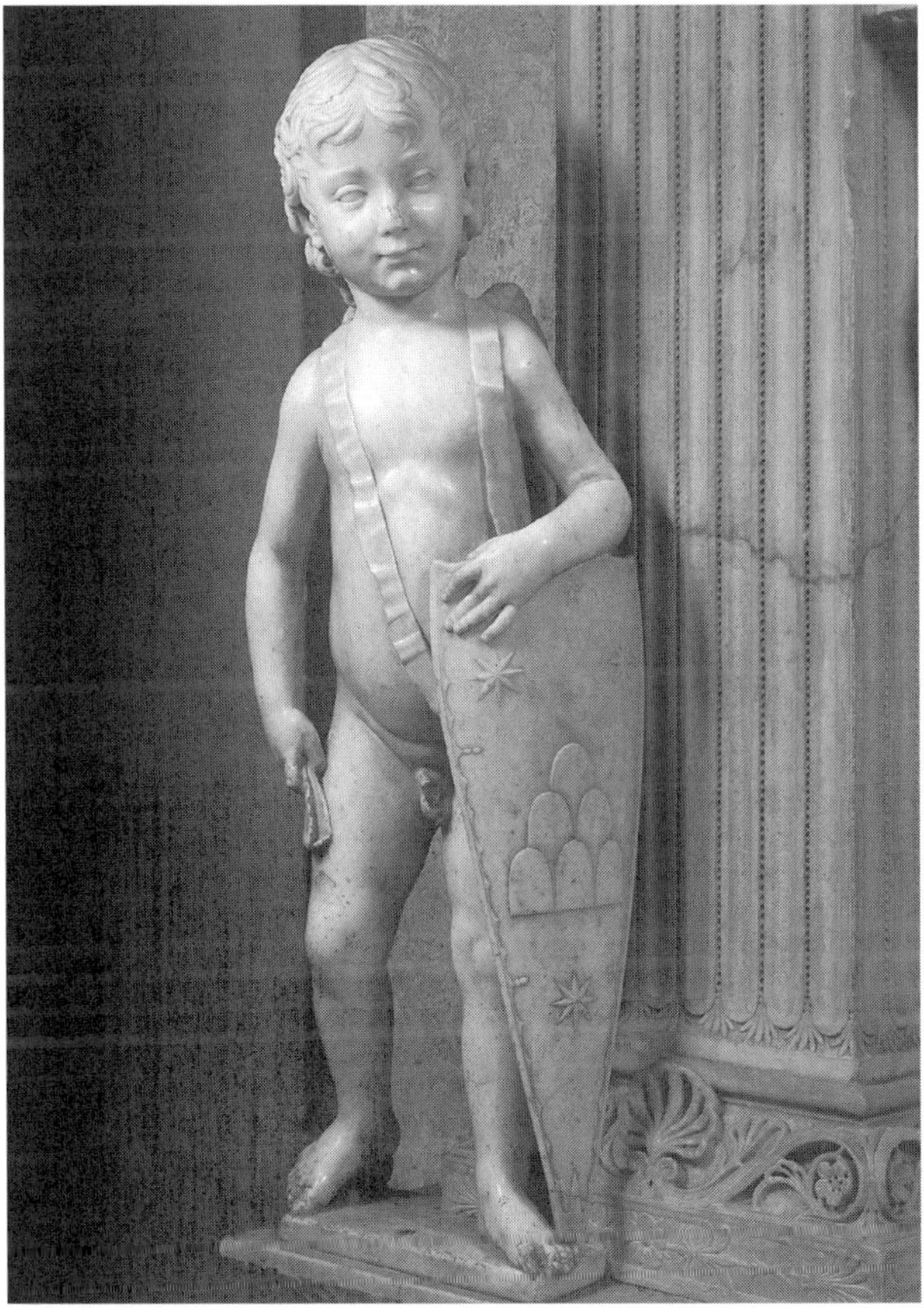

「カルロ・マルズッピーニの墓碑」脇にたたずむ天使。この天使もデジデリオ作
©briggman／PPS

サンタ・クローチェ教会を出ると、雨上がりの石畳が、夕日に輝いていた。

私は、そこから歩いて五分ほどの下町にある、路地と路地が交差した場所に案内された。

その交差点に、ひどく荒れた教会が建っていた。壁がぼろぼろに剝《は》げ落ち、鳩の糞と落書きで汚れている。四本の太い円柱で支えられた壁の上には、

「DEO IN HOMOREUM」「PRINCIPAPOSTOL」「VCAS DE ALBIZS」

と、ラテン語らしい文字が彫られているのが、かすかに読みとれた。

それは、確かに教会だった。ところが、奇妙なことに入口のアーチから、向こうの通りが見えている。つまり、ファサード（建物正面）しかないのだ。

「これがサン・ピエロ・マッジョーレ教会。デジデリオが埋葬された場所です」

西山さんにそう言われて、私は、

「えっ？」

と声を上げた。デジデリオが埋葬されたサン・ピエロ・マッジョーレ教会はとり壊されて「現存しない」と本に書いてあったからだ。

「サン・ピエロ・マッジョーレ教会は、なくなったんじゃなかったの……？」

「ええ、教会は一六三八年に潰されたそうです。でも、ファサードだけ残したんですよ。僕も、前々からここを通るたびに、変な場所やなあとずっと不思議に思ってたんですけど、今度のことで謎が解けました」

ザンテリオが埋葬されたサン・ピエロ・マッジョーレ教会の跡に残るファサードの前にて。

それは、道路の真ん中に廃墟《はいきょ》がとり残されたような不思議な空間だった。しかも、分厚い壁の内部はくりぬかれて、そこに人が住みついているのだ。一階部分は牛乳屋、宝石店、肉屋。二階、三階にもたくさん部屋が並んでいて、窓辺には鉢植えや洗濯物が出ている。つまり、教会の壁が、長屋になってしまったのである。鳩の恰好の住処《すみか》にもなって、白い糞にまみれている。二階の窓からおばあちゃんが顔を出して、バシャッ！と水を捨てた。鳩が慌てて三羽飛び立った。その窓の下を、若者がミニバイクで走り抜けた。

デジデリオはこの教区内に、兄ジェリと共同で住まいを買っていた。つまり、この界隈は、彼と家族の生活の場だったのだ。

そしてこの教会のどこかに、デジデリオは埋葬された。教会が取り払われた時も、おそらく移葬などしてもらうことはなかったろう。

華麗な墓を作り上げた男自身の墓は残らない。当時の芸術家の人生なんて、たいてい、そんなものだった。

彼の葬式が行われたのは一四六四年、真冬の一月十六日。弔《とむら》いの鐘が鳴りひびき、棺が冷たい土に下ろされる時、家族や友人たちは、花を一本ずつ棺の中に投げ入れ、泣いて棺にすがり、別れの接吻をしたことだろう。墓には、長い間、ひきもきらずにたくさんのソネットが捧げられた。

「森下さん、自分の墓の上にいる気分て、どんなものです？」

そうだ。もしも私が本当にデジデリオの生まれ変わりだとしたら、この時、昔の自分の墓の上に立ったことになるのだ……。
しかし、「見たことがある」という感覚も、「懐かしさ」もない。
私は落書きだらけの壁の周りをゆっくりと歩いた。
……石畳は雨に濡れて沈黙している。

2 故郷セッティニャーノへ

村の誇り

翌朝七時、ペンショーネの食堂に入ると、赤と白の格子縞のクロスを掛けたそれぞれのテーブルで、もう朝食が始まっていた。秋の朝日の中、食器の触れ合う音に混じって、静かにイタリア語が聞こえる。小さなペンショーネの宿泊客は、ほとんどが国内旅行の若者のようだった。

パンを小皿に載せて、空いていた壁際の小さな席に着くと、白髪のご主人がコーヒーとミルクの入ったポットを両手にやってきて、

「ボンジョルノ、カプチーノ?」

と、愛想よく微笑みかける。

「シ。カプチーノ、ペルファボーレ」

どんぶりのように大きな白いコーヒーカップに、ミルクとコーヒーがなみなみと注がれた。イタリア特有のパサパサに乾いたパンを齧《かじ》り、カプチーノをすすった。

開け放されたバルコニーから、気持ちのいい風が入ってくる。赤とピンクのゼラニウム

の鉢植えの向こうに、花の聖母マリア大聖堂がすっきりと見えた。

百点満点のセッティニャーノ日和《ひより》だ……。前日の別れ際に西山さんと、

「明日、晴れたら、車でセッティニャーノ村に行きましょう」

と、打ち合わせしてあったのだ。

朝食をすませると、私は鍵をフロントに預け、鳥カゴのようなエレベーターで一階へ降りて、通りで車を待った。

やがて現れたのは、泥だらけの白いルノーだった。ハンドルを握った西山さんが見え、クラクションが一回鳴った。駆け寄って助手席に乗った。

「車えらい汚れててすみません。今朝は、フィレンツェ中の車がこんなんです。見てください」

そう言われて改めて見回すと、街を走るどの車も、サファリ・ラリーを完走したみたいに泥をかぶっている。

「どうしたの？」

「ゆうべ、サハラ砂漠の砂の混じった泥の雨が降ったんです。僕、七年フィレンツェにいてますけど、こんなん初めてですわ」

中国の「黄砂」でなく、サハラの砂と聞いて、改めて、ここは日本の裏側だと実感した。

ルノーは、プラタナスの枯れ葉が散る石畳の市街地を走って、郊外へ抜けた。セッティニャーノ村は、フィレンツェの東、約二マイルの丘の上にある。

「ゆうべ、よく眠れましたか？」

「夜中の二時にパッチリ目が覚めちゃった」

どこでも眠れた二十代の頃に比べて体の適応能力が落ちてきたのか、最近、時差ボケの苦しみを知るようになった。もう一つ、最近変わったのは、海外へ行く時、即席味噌汁と日本茶と梅干しを持ち歩くようになったことだ。

「味噌汁がなくちゃ生きていけないのに、前世はヨーロッパ人だったなんて、信じられると思う？」

西山さんも、ハハ、と笑った。

いつしか石畳の道は爪先上がりになっていた。道幅もだんだん狭くなって、人の姿もない。道の両側に、民家が続く。生け垣には、ノウゼンカズラやジャスミンの蔓《つる》がめぐらされて、オレンジ色や白の花が揺れている。生け垣の奥の塗り壁、緑色の鎧戸《よろいど》、出窓の唐草模様の手すり、軒の日除け……。そうしたものが、みんな、埃をかぶったようにうっすらと白く見える。

村の鄙《ひな》びたカフェの角を曲がり、ひっそりとした広場に出た。広場の中央に、白い大きな彫像が、こちらに背中を向けて立っていた。西山さんはその彫像の正面に回り込むように、車を停めた。

車を降り、その像を何気なく見上げた。台座に、

「DESIDERIO　DA　SETTIGNANO」

セッティニャーノ村に立つデジデリオの彫像。

と彫ってあった。

「キャッ！」

まさか、デジデリオの像があるなんて知らなかった。気恥ずかしくて、いたたまれず、顔が赤くなるのを感じた。前もって一通り下見していた彼は、私をびっくりさせようと、何も言わずにいきなりこの広場に連れてきたのだ。

「どうですか、自分の像を前にした感想は」

「いやぁー、まんざら赤の他人じゃないと思うせいかしらね。照れくさくて、真正面からは見上げられないわ」

「まんざら赤の他人じゃない、ですか。ハハハ……」

彼は台座に刻まれた碑文を読み上げてくれた。

「デジデリオよ、汝《なんじ》はこの美しい丘に生まれ、三美神から芸術の血を受け継いだ者であった」

という調子の讃辞が続き、最後に「一九〇四年」と年号が入っていた。二十世紀になって設置された像だった。

服装は、十五世紀のフィレンツェの職人の典型的なスタイル。ぴったりしたタイツに、ジョルネアという両脇の開いたゆったりした外套。革のサンダルをはき、ふちなしの帽子をかぶっている。帽子からはみ出た長い髪はウェーブしていて、ベートーベンの肖像のように眉間に皺を寄せ、右手に鑿《のみ》を力強く握りしめている。

彼の視線は、眼下に広がるなだらかなオリーブ畑や、糸杉や、その間に点在する民家の赤茶色の瓦屋根という、ゴブラン織りのタペストリーのようなトスカナの丘陵ではなく、その遥か彼方に、かすんで見える花の都フィレンツェに向けられていた。

この村には、「デジデリオの生家」とされる家もある。私達はそこへ向かった。車一台がようやく通れるくらいの、細くて埃っぽい田舎道に、

「via　DESIDERIO　DA　SETTIGNANO」（デジデリオ・ダ・セッティニャーノ通り）

という石板の標識が見えた。その道沿いに「デジデリオ・ダ・セッティニャーノ幼稚園」もある。

道の突き当たりに、樹々にこんもりと囲まれた大きな家が見えてきた。門の石垣塀の一部がアーチ型にくりぬかれて、聖母子像のレリーフが飾られている。すぐにここだとわかった。車を降りて、スロープを上がると、クリーム色の家の塗り壁に、

「DESIDERIO　DA　SETTIGNANO」

という大きなプレートが掲げられている。

私たちは、玉砂利の道を踏みしめて、入口の木のドアに近づいた。真鍮《しんちゅう》の古びたプレートに、表札が六つ貼り付けてある。アパートになって、六世帯が暮らしているのだ。もしかすると、デジデリオと縁のある人がいるかもしれない。

ブザーを押した。建物の奥で「ジーン」と音がした。しばらく待って、また押したが返事はなかった。

「留守のようですね」

私達は、玉砂利をザクザクと踏みしめながら、建物の裏へまわった。

一瞬、母方の祖父の家を思い出した。なだらかな斜面に、林檎《りんご》の木がたくさん植えられて、実った林檎に袋を被《かぶ》せてあった裏山……。けれど、ここは、林檎畑ではなかった。うっすらと埃をかぶったように白っぽい緑色に見えるのはオリーブの木。そしてレモンやオレンジの木。スニーカーの先に、露に濡れた雑草がかさかさと触れた。

木の枝に長々と渡した洗濯ロープには、伸びたランニングシャツやかかとの変色した靴下が、ずらっと並んで干してあった。風が吹き、大きなシーツが秋の日差しの中で帆のように大きく膨らんだ。その時突然、草むらがザワッと動き、茶色いものがダダッと飛び出して行った。

「あ、野ウサギ……」

末っ子のデジデリオが生まれたのは、一四二七年に父が家を構えた三年後であった。土地台帳に記載された両親の年齢から計算すると、デジデリオが生まれた時、父バルトロメオは四十八歳、母モンナ・アンドレアは三十九歳だったことになる。父が畑仕事をし、母が家族の洗濯物を干し、この裏山には、デジデリオや兄弟姉妹が野ウサギを追う笑い声が

デジデリオの生家。扉の上のプレートにデジデリオの名前が記されてあった。

いつも響いていたことだろう。……もっとも、土地台帳にデジデリオの名前が初めて登場したのは、二十一歳になってからであるが……。

玄関の前に戻ると、ちょうど、老夫婦が腕を取り合ってゆっくりとスロープを上がってくるところだった。西山さんが、

「ボンジョルノ、シニョーリ！」

と呼びかけると、毛糸のショールを肩に掛けたお婆さんが足を止め、杖を突いていたお爺さんも、

「ボンジョルノ！」

と茶色い帽子をつまみ上げた。

「この家に住んでいらっしゃる方ですか？」

「ええ、そうですよ。今日は、天気がいいから、散歩してきたところです」

坂を上ってきた老夫婦は、少し息をきらしていた。

「僕たちは、ルネサンス時代にこの家に住んでいたデジデリオ・ダ・セッティニャーノという彫刻家について調べているんですが、デジデリオについて詳しい人か、ご親戚は住んでいらっしゃいますか」

とたずねると、老夫婦は、

「彫刻家？　この家に住んでいたの？　知らないわ」

と、静かに首を振り、

「お役に立てなくて、ごめんなさいね」

と、ドアの奥に消えた。

私たちは顔を見合わせた。

デジデリオは、この村出身の有名人のはずなのに、意外にも、その生家に住んでいる人が、彼の名前を知らなかった。どうやら、住民は、自分の暮らす村や家に、昔どんな人がいたかなど、さらさら関心がないようだった。

それが、この国なのかもしれなかった。

イタリアでは、千年前の建物など、さほど珍しくない。だいたい、ローマやフィレンツエともなると、古くない建物がないのだ。サン・ピエロ・マッジョーレ教会の壁を長屋にしたように、五百年、千年前の建物に近代設備を入れて住んでいる。アパートも、商店も、銀行も、ホテルも、元は誰かの館、誰かの生家だったのである。暮らしている当人たちは、自分のアパートにどんな表札が掛かっているのか、気にも留めない。歴史研究家でもない限り、その建物の前の持ち主のことなどに興味はない。それが、イタリアなのだ。

ベルナルド・ロッセリーノ、アントニオ・ロッセリーノの兄弟の家も、この村にあるはずだった。デジデリオの生家から、近い場所に。

「僕が下調べしたところでは、この通りのどこかにあるはずなんです」

そこは、デジデリオの家から車で三分。充分歩ける距離だった。やはり、通りに名前が残っている。「via　DEL　ROSSELLINO」（ロッセリーノ通り）。瀟洒《しょうしゃ》な別荘が点在する他は、店の一軒もない山沿いの道だった。車で行きつ戻りつを繰り返しながら、すれちがった人たちに、ロッセリーノの家を尋ねた。みんな親切に立ち止まって耳を傾けたあとで、

「ノン・ロ・ソ（知らないわ）」

とか、

「ミ・ディスピアーチェ（ごめんなさい）」

と首をふった。私たちは、通りの一番奥にあった「ガンベライア荘」という庭園屋敷の呼び鈴を押した。大きな門扉《もんぴ》が自動的にスーッと開き、屋敷の二階中央のバルコニーに、太ったおばさんが現れた。この庭園屋敷の管理人さんらしい。

「今日は休みですけど、何か御用ですか？」

と、太い腰に手を当てて叫んだ。西山さんが、

「シニョーラ、ルネサンス時代の彫刻家ロッセリーノの家を知りませんか？」

と声を張り上げた。

「さぁ、聞いたことありませんね。きっと、教会の神父様なら知ってるわ」

という返事だった。

そこで車で山を下り、教会をたずねた。あいにく神父は留守だったが、教会付属病院の

事務の女性が、ロッセリーノの家を知っていた。それは、ついさっき、「さぁ、聞いたことありませんね」と答えた、太った管理人さんのいる、あの屋敷だった。

これが、イタリアなのだ。

重なる偶然

その日の昼過ぎ、私たちは郊外にある、西山さんの友人の工房を訪れた。彼の名はマウロ・カナーリ。年の頃は五十前後。シャンデリアを作る仕事をしている。倉庫のような大きな工房の中で、彼はガスバーナーの青い火花を散らしていた。

「土曜日にも仕事するなんて、働き者だね」

と西山さんが挨拶代わりに声をかけると、マウロは肩をすくめ、

「なに、イタリア人は、土曜と日曜に働くのさ」

と、ヤニっこく片頬で笑って、ガスバーナーを止めた。

「昼飯にしよう」

町はずれのトラットリア（食堂）には、ヴィットリオ・デ・シーカ監督の映画そのままの景色があった。キャンティーワインの藁《わら》に包まれた瓶と皿を前に、地元の職人さんや商店主などが、両手でさかんに手ぶりを交えながら、早口でしゃべりたてている。さすがは「人間の国」。個性派俳優のようないい顔ばかりが並んでいた。

マウロはとびきりの名優だった。フンギ（茸《きのこ》）の大盛りスパゲッティや、フィレンツ

ェ風のビーフステーキを平らげ、大瓶のキャンティーを呑みながら、もったいぶった沈痛さや、心にもないうやうやしさでおどけ、罰当《ばち》たりな笑いの中に人生の真実を短くピリリときかせ、中年男のかわいい無邪気さと油断のならないしたたかさを見せ、二時間たっぷりしゃべり続けて、泣き笑いさせ、聞かせたのだった。彼がしゃべると、卑猥《ひわい》な話さえも、うっかり「人生の深遠なる真実」に聞こえた。

おなかが捩《よじ》れるほど笑った後で、甘い食後酒を呑みながら、

「ところでマウロ。君にちょっとイタリア人としての意見を聞きたいことがあるんだ」

と、西山さんが切り出した。

「私に答えられることでしたら、なんなりと」

マウロは仰々しく胸に手を当てた。

「僕たちは今、彫刻家のデジデリオ・ダ・セッティニャーノについて調べているんだけど、イタリアでは『デジデリオ』という名前はよくあるの？」

「……デジデリオ……」

マウロは、とりすまして、おもむろに呟いてみてから、

「それはだな」

と、古代ギリシャの哲学者のような、おごそかな顔つきになった。彼があたかも閉ざされた神秘の扉でも開くような、もったいぶった口調でしゃべり始めると、西山さんは、口元に笑いを浮かべながら頷いていたが、その笑いが急に消えた。

「マンマ・ミーア！（なんだって！）」

彼は、マウロを遮《さえぎ》って、私の顔に視線を移した。

「マウロはこう言うてます。デジデリオいう名前は、皆無《かいむ》だとは言わへんけど、イタリア人には、ほとんどない名前だそうです。実は、僕もイタリアへ来てから、一度もデジデリオいう名前のイタリア人に会ったことも、聞いたこともありません。多分、外国人の名前だろうって、マウロは言ってます」

イタリア人の口から「外国人」と聞かされて、内心、かすかにドキリとした。清水さんは、デジデリオはポルトガルからやって来た「外国人」だったと言っている。

しかし、私をさらにびっくりさせたのが、その先だった。

西山さんは、続けた。

「それでですね、マウロはフランス人には、そういう名前があると言うてます。フランス語で『デジデリオ』と同じ意味の単語は、『デジレ』だそうです。『DÉSIRÉE』。……ほら、森下さんが今泊まってはるペンショーネの名前ですよ」

「えっ！」

瞬間、自分の顔からも笑いが引くのを感じた。

「Ｖｅｒｏ《ヴェーロ》？（本当？）」

マウロの方を振り返ると、彼は一人威厳に満ちた表情で、

「Ｖｅｒｏ」

と、大きく一回頷いた。

「西山さん、知ってたの?」

「いえ、僕も今初めて知りました」

西山さんは鳥肌立った自分の腕を、しきりにこすりながら言った。

彼は、最初、友達が来た時にいつも使っているホテルを予約するつもりだったという。ところが、問い合わせてみると、珍しく満室だった。そこで、駅に近く、こぎれいで、予算に合う宿を探し、すぐに「デジレ」が見つかった。

「名前の意味なんて知りませんでした。全くの偶然です」

またしても、偶然が……。私はデジデリオについて調べにフィレンツェに来て、それと知らずに「デジデリオ」に宿泊していたのだ。まるでデジデリオが、私を待っていたみたいだった。ゾワゾワと産毛《うぶげ》が逆立つのを感じた。なぜこんなに偶然が起こるのだろう。度重なる偶然は、何かの道順を示す目印のようにも思えた。その目印に沿って歩いたら、私は一体、どこへ行き着くのだろう。

3 「ポルトガル枢機卿の墓碑」との対面

十字架の丘

三日めの朝、西山さんの運転する白いルノーは、フィレンツェの中心街を流れるアルノ川を南岸に渡り、「ミケランジェロの並木道」と呼ばれる坂道を大きく蛇行《だこう》しながら上った。途中で、観光バスが数台停まっているミケランジェロ広場の展望台を通り過ぎ、ルノーは低く唸《うな》りながら坂道をさらに上り続けた。

そこが、モンテ・アレ・クローチ（十字架の丘）。その頂きに建っているのが、サン・ミニアート・アル・モンテ聖堂。「ポルトガル枢機卿の墓碑」のある場所だ。

坂道を上りきって車を降りた。そこから先は、百段近い急な石段を上らなければならない。

息を切らしながら石段の中程まで上ると、道の左右に墓地が広がった。整然と手入れされた緑地に、十字架や、キリスト、天使の彫刻を飾った白い墓が並んでいる。中学・高校時代に通った母校のそばの外人墓地を思った。

だんだんと重りがついていく足を持ち上げて、やっと最後の段を上りきると、私たちはどちらからともなく、後ろを振り返って感嘆の声を上げた。

秋風に前髪をそよがせながら、丘の頂きに立って、眼下に見下ろすフィレンツェの全て……。手前に長く横たわるアルノ川。その水面にアーチ型の影を落とす幾つもの橋。アルノ川の対岸に、赤褐色の屋根瓦を連ねる十五世紀そのままの街並み。屋根と屋根の間をせわしなく曲がりくねる狭い道。ところどころに突き出した教会の尖塔《せんとう》や鐘楼《しょうろう》、大円蓋《えんがい》屋根。フィレンツェの瓦屋根は、朝の光の中では、暗いだいだい色に見えるが、太陽が西に傾く時刻になると、熟《う》れ柿のような赤に染まる。今はまだ、朝日の中で、だいだい色をしている。そして、目を遠くに転じると、盆地をぐるりと囲むはるかな蒼《あお》い山並み。

その大パノラマに背中を向けると、私たちの目の前には、白い大理石に緑と黒の幾何学的な象がん細工をほどこしたサン・ミニアート・アル・モンテ聖堂のファサードがそびえていた。

前庭を通って、聖堂の小さな扉をくぐった。巨大な薄暗い沈黙の空間が私たちを飲み込んだ。

「こっちです」

西山さんは堂内を斜めに横切って、左廊に向かって歩いて行った。その後ろを追いながら、天井を見上げた。他の教会とは、どこか雰囲気が違っていた。中央祭壇の、天球状の天井には、金地のモザイクで玉座のキリストが描かれ、太い大理石の円柱に支えられたアーチとアーチの間の薄暗がりに、日光東照宮の欄間《らんま》のように鮮やかに色塗りされた横木が無数に走っている。

彼の行く手に目をやると通路から奥に引っ込んだ大理石の小部屋が白く見えた。天窓から差し込む光で、そこだけ明るい。その奥に据えられた棺の上に、横たわっている人の姿が見えた。

「これだわ……」

それが、「ポルトガル枢機卿の墓碑」（177頁口絵）だった。

広さは十畳間くらい。胸の高さに柵《さく》がめぐらされ、中に入れないようになっている。身を乗り出し、首をひねって天井を見上げた。

「わぁー！」

と、小さな歓声が口を突いた。ルカ・デラ・ロッビアの「彩釉テラコッタ」の目の覚めるようなブルー。本で見るより、澄んで鮮やかだった。五つの丸いメダルの中央にあるのが「翼を広げた白い鳩」。清水さんの話に出てきたものに間違いなかった。

彼女によれば、デジデリオは私生児で、腹違いの兄弟である「枢機卿」らに迎えられたが、のちにフィレンツェに来て、石工の家に預けられた。

「デジデリオの作品を見たければ、モンテ・アレ・クローチにあるサン・ミニアート・アル・モンテ聖堂へ行け」

という声が聞こえたという。

しかし、サン・ミニアート・アル・モンテ聖堂には、デジデリオの作品と言われるものは一つもない。あるのは、この「ポルトガル枢機卿の墓碑」だ。作者は、「アントニオ・ロッセリーノ」とされている。

清水さんの話が、嘘か真実《まこと》か……。この墓碑が、答えをにぎっているように思えた。

私たちは、いったん聖堂を出て、隣にあるレンガ壁の事務所を訪ねた。西山さんは事務所のドアの前に立つと、

「森下さん。紹介状、持ってはります？」

と、聞いた。例の、

「森下典子は、ルネサンス芸術の研究者である。必要とする資料の開示を要望する」

と、自分で作文し、恩師のサインを頂いた紹介状だ。

「いつでも鞄《かばん》の中に入れて持ち歩いてるわ」

「僕が森下さんを紹介し始めたら、威厳をもって差し出してください」

彼は緊張した面持ちで、コンコンと二回ドアをノックした。現れたのは、白い修道服の若い神父だった。

「どんなご用件ですか？」

「こちらの女性は、日本から来た作家で、ルネサンス彫刻について調べていらっしゃいます」

ポルトガル枢機卿の墓碑がある礼拝堂の天井部分。「彩釉テラコッタ」（ルカ・デラ・ロッビア作）で作られた鮮やかなブル　が印象的だった。

彼が流暢《りゅうちょう》なイタリア語で述べながら、私の方へ視線をいざなった。私は、封蠟《ふうろう》をした封筒から印璽《いんじ》付きの勅書《ちょくしょ》でも取り出すように、うやうやしく紹介状を取り出し、手渡した。西山さんは、

「こちらの教会の『ポルトガル枢機卿の墓碑』についてお話を聞きたいのですが、どなたか詳しく御存知の方はいらっしゃいますか……」

と続けた。神父は、紹介状に視線を走らせると、

「修道院のアゴスティーノ神父なら御存知でしょう。修道院でたずねてごらんなさい」

と、白い手で、教会の裏手の鉄柵の中を指さした。私たちは言われた通り、裏手へ回った。鉄柵には鍵がかかっていなかった。扉をギーッと押し開けて中へ入り、雑草の生えた小さな裏庭の奥にあるドアの真鍮《しんちゅう》のブザーを押した。しばらく待ったが、応答はない。間隔を置いて、四度、五度とブザーを押し続けていると、突然、背後から、

「エイ！　ラガッツオ！（こら、お前たち！）」

と、怒鳴られた。振り返ると、七十歳くらいの竹ぼうきのように痩せた白い修道服の神父が、胸に黒い聖書を抱えたまま、怒りに震えて立っていた。老神父は、裾《すそ》に隠れて見えない足を踏み鳴らしながら、「早く、出なさい！」と、せきたてた。まるで庭に入り込んだ柿泥棒を追い払おうとしている御隠居みたいだった。私たちは、並んですごすごと柵の外へ出た。

その老人が、アゴスティーノ神父であった。神父はなおもしばらく怒っていたが、私が

差し出した紹介状を見て、やっと「泥棒」ではないことをわかってくれた。

「『ポルトガル枢機卿の墓碑』について調べるために、日本から来ました」

と説明した時だ。老神父は急に立ち止まって、

「日本？　お前たちは日本人か。もう北方領土はロシアから全部返してもらったか？」

と聞いた。老神父は、第二次世界大戦で同盟関係にあった国に興味を持っていた。

「日本の首都はどこだ？　東京？　東京は、どこにある？　東京の人口は何人だ？」

などと矢継ぎ早に質問する。東京の人口は約一千万人だと答えると、老神父は愕然《がくぜん》となって、

「なんだって？　一千万人？　本当なのか！　それじゃあ、ローマより大きいじゃないか！」

と、叫んだ。西山さんは私に、

「この人たちは、何も知りませんからねぇ。世の中にローマほど大きい街はないと思うてはるんですわ」

と解説した。その隣で、アゴスティーノ神父は、まだ、

「一千万人。そうか……。東京はローマより大きいのか……」

と、ぶつぶつ繰り返している。フィレンツェの山の上の修道院で暮らしている神父にとって、それは驚愕《きょうがく》だったらしい。

老神父は、白い裾を撥《は》ね上げながら、大股で聖堂の中を横切り、「ポルトガル枢機卿の

墓碑」の前に行くと、柵の錠を外し、キーッと開いて、私たちを中へ招き入れてくれた。私たちは、色石が嵌《は》めこまれたモザイク模様の床にそおっと足を踏み入れ、枢機卿の墓碑にまぢかから向き合った。ひんやりとした空気の中で、一瞬また、締め切った図書館の匂いがしたような気がした……。

美しすぎる棺

ポルトガル枢機卿は、司教冠をかぶり、裾の長い法衣をまとった礼装で横たわっていた。頭はクッションにあずけ、手は法衣の胸の上にそっと重ねている。頭をあずけたクッションは柔らかそうで、指で押せば、柔らかく窪《くぼ》み、指を離せばふかふかと押し返してきそうだった。クッションの隅に下がった房飾りも、アーチ型の天井に布地自体の重みでぶら下がっている厚地のカーテンも、そよ風が吹けばふわっと揺れそうである。そのすべてが大理石の彫刻。すべてが永遠だった。

枢機卿は、どう見ても二十歳そこそこ。思わず気をのまれるほど、美しい青年だった。白百合のような気品。細面の顔を、気持ちこちらへ傾け、口元には、かすかな微笑みを浮かべたままだ。房飾りの付いた法衣の胸のあたりがゆっくりと上下に動いて、静かな寝息が聞こえそうだった。

「えらい、ハンサムですね……」

西山さんが、ぽつっと呟き、私は無言で頷いた。

枢機卿が横たわった棺には、ラテン文字が彫りつけてあった。老神父がそれを痩せた指でなぞりながら読んでくれた。

「この枢機卿はだな、んー、一四三四年に生まれて、んー、一四五九年に二十五歳の若さで神に召されておる。生まれたのは、んー……リスボン。ポルトガルの王家の出身者だ」

「えっ……」

「ポルトガルの王家の出身」という言葉が、私の記憶の索引から、全く同じ言葉を引き出した。

「ポルトガルの王族の枢機卿とその兄が、デジデリオを迎えに来た」

という清水さんの言葉だ。

このポルトガル枢機卿も、王家出身者。そういえば、枢機卿の枕辺《まくらべ》にかしずいている天使が手に「王冠」を捧げ持っている。ということは、「デジデリオを迎えに来たポルトガル枢機卿」とは、やはりこの人に違いない。

一四三四年生まれということは、枢機卿はデジデリオより四歳年下。もしも、清水さんが語るように、デジデリオと枢機卿が腹違いの兄弟であるなら、「弟」である枢機卿が、「兄」のデジデリオを迎えに行ったことになる。

枢機卿が迎えに来たという言葉から、緋《ひ》の衣をまとった大人がやってきたのだとばかり思っていたが、迎えにきたのは「後に枢機卿になる少年」だったのだ。

血がつながっていたとすれば、枢機卿とデジデリオは、面ざしもどこか似ていただろう。

私は、顔をわずかにこちらへ傾け、かすかな微笑みを浮かべている青年の透《す》きとおるような美しさに見惚《みと》れた。

顔立ちがよく似ていても、コインの表と裏のように生きていく兄弟がいる。王子に生まれて枢機卿として死んだ「弟」は、天使に王冠を捧げられ、永遠の美貌を刻まれている。一方、私生児だった「兄」は、性の享楽の中で生きた。その墓は、長屋の下だ。「弟」を「光」とすれば、「兄」は「影」のように見えた。そして、清水さんは、この「弟」の墓を彫ったのは「兄」だという。

「この墓碑の作者は誰ですか？」

西山さんが神父様に質問した。

「アントニオ・ロッセリーノじゃ」

と、定説通りの答えが返ってきた。私たちは、無言で目を見交わした。西山さんはこう続けた。

「ですが神父様。実は、最近読んだある書物に、この彫刻は、アントニオ・ロッセリーノではなくて、本当は、デジデリオ・ダ・セッティニャーノが作ったのだという新しい説が書いてあったのですが……」

嘘も方便だ。ヨーロッパ人に「前世」などと言ったら、「ヘンな日本人」あつかいされ、相手にされなくなるのは目に見えている。それは禁句だった。

老神父は、「Ｎｏｎ」と言下に否定し、

ポルトガル枢機卿の墓碑（サン・ミニアート・アル・モンテ聖堂内）。
©Scala／PPS

「サクラメントの祭壇」デジデリオ作（サン・ロレンツォ聖堂内）。

「アントニオ・ロッセリーノじゃ」

と、繰り返した。

そして、老神父は、何を思ったのか、急に踵《きびす》を返して、聖堂の奥へ向かって大股で歩き始めたのだ。ぼんやりつっ立っている私たちを、振り返って、

「一緒に来なさい！」

と、一回大きく手で招き、白い修道服の裾を撥《は》ね上げながら、ずんずんと歩いて行く。急いで、老神父の後を追った。中央祭壇の横にある木のドアをくぐり、その裏にある二階の神父の控え室に通された。古い木のテーブルに椅子と本棚。そして壁に十字架が掛かっているだけの、簡素な部屋だった。

老神父は本棚から本を出してはパラパラめくり、めくってはしまって、口の中で何かぶつぶつ言っていた。そして、やがて、一冊の本を見つけ出すと、机の上にぱたっと置いた。題名は、

「A ARTE EM FLORENÇA NO SÉC. XV E A CAPELADO CARDEAL DE PORTUGAL」(フィレンツェのポルトガル枢機卿礼拝堂の芸術)

私の知らない外国語だった。

「ポルトガル語ですね」

そう言いながら、題名を眺めていた西山さんが、突然、

「あ！」

と叫んだ。

「これ、僕が図書館で探してた本やわ！」

そういえば、ポルトガル枢機卿の墓碑についての研究書が一冊だけあるが、すでに絶版になっていて、図書館でもどうしても見つからなかったとファクスで連絡してきたことを思い出した。

この墓碑は本当にアントニオ・ロッセリーノが作ったのか？　デジデリオは、この墓碑に、関係していないのか？

この疑問に、このポルトガル語の本が答えてくれるかもしれない……。それがはっきりすれば、清水さんが語っていることの真偽も、自ずと見えるはずだ。

「この本が重要な鍵なのと違いますか？」

「うん、そうかも」

興奮している私たちをよそに、老神父は、

「著者が、わざわざ、わしに送ってくれたんじゃ」

と、表紙をめくって、中扉のサインを得意げに見せた。

「Ｍａｎｕｅｌ　Ｃａｒｄｏｓｏ　Ｍｅｎｄｅｓ　Ａｔａｎáｚｉｏ」

と、サインしてあり、「リスボン大学教授」の肩書、リスボンの住所と電話番号も書いてあった。

絶版で、図書館にもなかった本が、見つかったのだ。神父から借りるしかなかった。

「あの神父様……。どうか、私たちにその本を貸してください」

私たちはお願いした。

「えー？　これを、君たちに？　だめだよ。だめだめ」

老神父は、初対面の人間にものを貸すなど、泥棒にくれてやるのと同じだと言わんばかりだった。

「必ずお返しします」

と、体を二つに折って頼んだが、

「だめ」

「コピーをとったらお返しします。絶対に約束は守ります」

と、誓っても、

「だめだめ」

けんもほろろだった。こうなったら、拝み倒しにかかるしかなかった。

「神父様、ここで、見せていただいたのは、きっと神のお導きです。私たちはその本を長い間探していたのです。本屋に注文しましたがすでに絶版になっていました。もちろん図書館にも行きましたが、ありませんでした。お願いです神父様。ほんの少しの時間だけ、貸してくださればいいのです。すぐにコピーをとって、お返ししますから……貸してくだされば、私たちはどんなにか神父様に感謝することでしょう」

老神父は、溜め息をついて、

「どのくらい時間がかかる?」

渋い顔で、ポツリと聞いた。

「車で山を下りて、コピーしますから、一時間か、もう少し——」

「身分証明書を出しなさい」

西山さんがポケットから身分証を出すと、老神父はひったくるように取って、自分の机の上のガラス板に手早く挟んだ。「担保」である。それだけではなかった。

「その人もここに置いて行きなさい」

老神父は私を指さした。聖職者が、こんなに人を疑っていいのだろうか……と、内心思ったが、もちろん、顔には出せない。

西山さんは、本を借り受けると、

「グラッツィエ、パードレ」

押し戴《いただ》き、

「行ってきます」

と、私に言いおいて、部屋を飛び出して行った。

私は隅の椅子に座って帰りを待った。神父は奥の部屋で仕事をしている。教会のどこかで、グレゴリオ聖歌を合唱しているのが聞こえる。おごそかで幻想的な旋律《せんりつ》をバックに、独り言が聞こえた。

「東京はローマより大きいのか……」

西山さんが額に玉のような汗を浮かべて部屋に飛び込んできたのは、ちょうど一時間後だった。

「グラッツィエ、パードレ！」

私たちが並んで礼を言うと、老神父は担保の身分証を西山さんの手元に返して、

「東京は、そんなに大きいのか？」

と、また言った。


私たちは本のコピーを手に、嬉々《きき》としてサン・ミニアート・アル・モンテ聖堂の長い石段を駆け降りた。

誰かに翻訳してもらわなければならないが、きっと答えがこの本の中にあるという予感を胸に抱いて……。

ポルトガル枢機卿とデジデリオには、血のつながりがあるのか？

ポルトガル枢機卿の墓碑の仕事に、デジデリオはタッチしているのか、いないのか？

そして、人間は本当に輪廻転生するのか？


ルノーは、再びミケランジェロ広場の展望台を通過し、丘を走り下った。

4　恋人「ルビー」

四つの手掛かり

「デジデリオとポルトガル枢機卿の間に、本当に血のつながりはあったのか？」

この疑問については、ポルトガル語の研究書が答えの手掛かりになってくれそうだった。

私たちはもう一つ、別の疑問の手掛かりを求めてフィレンツェを歩き回ることになった。

もう一つの疑問、それは、

「清水さんの話にしばしば登場する、『ルビー』と呼ばれる貴族は誰か？」

私は、その人物の本名を割り出し、デジデリオとの関係をさぐろうと思った。

私は「謎の男」のヒントを、もう一度反芻《はんすう》した。

○「ルビー」（または「ロビー」、あるいは「クレオ」）という愛称で呼ばれた。
○フィレンツェの裕福な貴族の庶子である。
○哲学、数学、語学、神学など、あらゆる分野に秀でた秀才だった。
○評論家や劇作家としても一世を風靡した。

○プラトン・アカデミーの中心にいた有名な人物である。
○ラウレンツィアーナ図書館に関係がある。
○ポッジョ・ア・カイアーノにあるメディチ家の別荘と関係ある人物である。
○デジデリオは、ラピスラズリで美しく細工したベルトを彼に捧げたことがある。
○ミケランジェロが、ラウレンツィアーナ図書館の壁に、彼をモデルに壁画を描いた。
その絵は、「馬の絵のそば」にある。
○北欧人のようなブロンドで、すらりと背の高い、立派な体格の美丈夫。女性からの誘惑も多かった。
○彼は、デジデリオの最期をみとった。

この中に、現地フィレンツェでなければ調べられない場所や物が四点ある。
①ラウレンツィアーナ図書館。
②ポッジョ・ア・カイアーノのメディチ家別荘。
③ラピスラズリのベルト。
④ラウレンツィアーナ図書館の壁に描かれた馬の絵のそばの顔。
私は、その一つ一つを、たずね歩くことになった。
四日めの朝、私は再び、サン・ロレンツォの粗《あら》い煉瓦《れんが》を積んだままの未完の聖堂を前にしていた。フィレンツェに着いた日、デジデリオの「サクラメントの祭壇」を見に来た聖堂である。しかし、この日は、聖堂の入口ではなく、その数メートル左脇にある別の入口に向かった。

「Ｂｉｂｌｉｏｔｅｃａ　Ｌａｕｒｅｎｚｉａｎａ」

という大理石プレートが掛かっていた。サン・ロレンツォ聖堂の二階のラウレンツィアーナ図書館へは、この入口から入るのである。

整然と手入れされた植え込みの中庭を、回廊がロの字型に囲んでいる。その回廊の一隅にある細い階段を二階へ上がると、突き当たりの壁面に、「受胎告知」が描かれている。その「受胎告知」の裏側にまわると、そこに裁判所のような重厚な玄関がある。

「あ、ここだ……」

と、思わず足が止まった。清水さんが、

「うねるような不思議なデザインの階段」

と表現し、メモに描いてみせたものが、目の前にあった。段数は、十五段ほど。うねっているのではなく、一段ごとにゆるやかなカーブがついていて、上段から、まるで溶岩がゆっくりと流れ落ちているような流動感のあるデザインになっているのだ。

西山さんは、その段階を上がりながら、

「この図書館は、ミケランジェロが設計したんですわ」

と説明した。私はそれも彼女から聞いていた。階段を上がると長い廊下が真っ直ぐに延びていて、閲覧用の椅子が教会のように前を向いてびっしり並んでいる様子を描いたメモを頭の中に思い浮かべながら、彼の後に続いた。

果して、階段を上がると、格天井《ごう》と細長い窓に縁取られた会議場のような廊下が、目の前に真っ直ぐ伸びていた。通路の左右には、教会のベンチのような横長の書見台がびっしりと、等間隔に並べられていた。

驚きはしなかった。きっと彼女は、この階段と閲覧室を写真で見たのだろう。図書館内部の様子よりも、問題は、この図書館と関係があった「ルビー」という人物が誰かということだった。

私たちはラウレンツィアーナ図書館に出入りしていた人物を調べるために、図書館のオフィスを訪ねた。

「森下さん、紹介状……」

「わかったわ」

紹介状を見せると、重い扉が開かれた。クリーム色のカーディガンを肩に羽織り、金髪をアップに結った四十歳くらいの涼しげな司書の女性が、重厚なマホガニーの机の向こうにいた。彼女は小さな読書灯の明かりの中で、メタルフレームの眼鏡をはずしながら、

「で、どういう本をお探しですか？」

と尋ねた。

「この図書館に、ルネサンス時代、どんな人物が出入りしていたのか調べたいんです」

案内されたメディチ家の大書庫は、古めかしい捺金《なつきん》の文字の背表紙がぎっしり並んで高い塀《へい》をなし、隙間なく天井まで届いていた。奥にまだ幾部屋あるのかわからない。

司書の女性は、書架から「La Storia della Biblioteca Laurenziana（ラウレンツィアーナ図書館の歴史）」という薄い本を取り出して見せてくれた。まわりの机では、十人ほどの学生が、ぶ厚い本の上にかがみ込んで、何か書き写している。その一人を後ろからそっとのぞいた西山さんが、

「うっ……、古代ギリシャ語の手書きの本を読んではる」

と、呻《うめ》いた。「人類の英知」という言葉の重圧が、書庫の四方の壁からのしかかってくるようだった。

私たちは隅の机で、「ラウレンツィアーナ図書館の歴史」をひろげた。彼が猛スピードでイタリア語を読み、こそこそと声をひそめて日本語に訳した。

それによると、この図書館の蔵書は最初、一四一五年にコジモ・デ・メディチがプラトン・アカデミーの要請を受けて収集したものだったが、その後、息子のピエロ、孫のロレンツォの代になって蔵書は膨大に増えた。一時はサン・マルコ修道会の管理下に置かれるなど紆余曲折があったが、一五二三年にメディチ家出身のローマ法王クレメンス七世が、ミケランジェロに設計を委託し、一五七一年に図書館として一般公開されたという。

私は彼の言葉に耳をそばだてていた。

「あ、ありました。この図書館を利用した著名な人々……」

「うん。そこ読んで」

「えーと、ペトラルカ、ボッカチオ、フィリッポ・ビッラーニ、サケッティ、ニッコロ・ニッコリ、フィレルフォ、テオドロ・カザ、ポッジォ・ブラチョリーニ、マルシリオ・フィチーノ、ポリツィアーノ、チェッリーニ……」

私たちは、この図書館を利用した著名人二十数人のリストを手に、ラウレンツィアーナ図書館を後にした。

「ルビー」は、この中にいるだろうか……？

必要条件を満たす人物がいるかどうか照合するためには、まず一人一人の生年没年、出身階層などを調べなければならない。

私たちは、閲覧室で自由に人名辞典を手に取ることのできる「フィレンツェ国立中央図書館」に向かった。

紹介状は、ここでも通行手形の威力を発揮した。司書の男性は、気難しそうに眉を顰《しか》めて便箋に目を走らせた後、

「わかりました。あなたは、このフィレンツェ国立中央図書館の正会員になることができます。すぐ会員証を作りましょう」

と手配してくれた。私は、たった三十分で、この図書館を一生涯にわたって利用できる正会員になった。

国会議事堂のような大理石の図書館の中で、「ラウレンツィアーナ図書館の歴史」から

書き抜いてきた人物リストを、片端から人名辞典で引いた。ローラー作戦だ。

①出身階級が貴族であること。

②デジデリオの死の時（一四六四年）、成人に達していること。

まずは、この二つの必要条件を満たしていなければならない。「評論家や、劇作家として一世を風靡した」とか、「美丈夫で女性の誘惑も多かった」などという要素は、それらを満たした後で初めて俎上《そじょう》にのぼらせればよい条件だった。

果して、「ルビー」はこの中にいたか……？

結論を言おう。「ラウレンツィアーナ図書館の歴史」に登場する人物の中に、該当者はいなかった。まず「出身階級」で半数が消えた。残りの半数は一四六四年には既に死んでいた。あとは、一四六四年には生まれていないか、まだ幼児だった。つまり、全員に「アリバイ」があったのである。

「いない」

「あきませんねぇ」

私たちは、疲れてダルくなった腕で、重たい辞典をバタンと閉じた。

メディチ家の別荘

ラウレンツィアーナ図書館と「ルビー」の関係が見つからないまま、翌日、私たちは郊外へ足を延ばした。

『ルビー』は、ポッジォ・ア・カイアーノのメディチ家別荘にも、関係がある」という。ポッジォ・ア・カイアーノとは、フィレンツェの北西十七キロの小高い丘の上に広がる町である。そこには確かに、メディチ家の別荘がある。

「ポッジォ・ア・カイアーノなんか知ってる日本人、滅多にいてませんよ。観光コースからは完全に外れてますし、ルネサンスの研究者でもなければここまで来ません。その清水さんていう女の人、なんで知ってはるんでしょう」

ハンドルを握って前を見たまま、西山さんが言った。

「私もそれを見極めたいのよ」

彼女は護摩火の前で、

「Villa Medicea di Poggio A Caiano」

と、イタリア語を書いた。「Bibliotheca Laurenziana」にしろ、「Rossellino」にしろ、文字はミミズのようにくねり、たどたどしかったが、スペルは正確だった。

「ルビー」が、そことどういう関係があるのかはわからない。メモには、あらゆる方向から、

「古代神殿、ポントルモ、作品、中央壁、Andrea del……、ロレンツォ、サロン」

などと書き散らしてあるが、それらの意味をたずねても、彼女は、

「私がイタリア美術に詳しければわかるんだろうけど……。見えてるものを写してるだけやし」

と、くり返した。

他にも、○を十字に仕切って、仕切りの中に鳩と鍵のような模様を入れた、意味のわからない印が描かれている。

私の心の中で、ポッジォ・ア・カイアーノに行けば、今度こそ、「ルビー」の手掛かりが見つかるかもしれないという期待と、そもそも「ルビー」などという人物はいないのではないか。私は清水さんの言葉にあやつられて存在しない人物を探し回っているのではないか、という疑念が、信号機の緑と赤のランプのように、交互に点滅した。

メディチ荘は高台に広がっていた。正門から広大なアプローチを上る。正面玄関は工事中で、足場が組んであった。階段を上がると、他に見学者の姿はなく、閑散としていた。玄関を入ってすぐ、スーツの胸に臙脂《えんじ》のポケットチーフをのぞかせ、ボルサリーノをかぶった初老の紳士が近づいてきた。ガイドさんだ。彼がこの建物の歴史を丁寧に説明してくれた。

「この別荘は、一四七九年にロレンツォ・デ・メディチが、ルッチェライ家から土地を買い取り、建築家ジュリアーノ・ダ・サンガルロの設計で一四八五年に完成しましたが、内部は十九世紀にヴィットリオ・エマヌエーレ二世が一時的に滞在した時、大規模に手直しされました」

つまり、ここは十五世紀に作られたが、今はもう当時の面影は残っていないということである。

私の期待はあっけなく落胆に変わった。デジデリオと愛し合った男は、十五世紀の人間である。せっかくここまで足を延ばして来たが、十九世紀に大改造された室内に、手掛かりがあるはずはなかった。

内装は装飾過剰で、安っぽい趣味に思えた。ごてごてと飾りたてた家具やシャンデリア。窓には襞《ひだ》の深い厚地のカーテン。天井と壁には本物の彫刻でなく、彫刻したように見せかけた安直なだまし絵が描いてあった。

ところが、大広間のモザイクの床に一歩足を踏み入れた途端、私は四方を囲む壁いっぱいの大壁画に、他の部屋とは違う空気を感じた。ボルサリーノの老紳士は、私たちをゆっくりと大広間の中央までいざない、

「実は、この大広間だけは十五世紀のものです。当時のまま、全くの手付かずに残されました」

と説明した。そして、正面の壁を指さした。

「あの壁画は、ポントルモ。そしてこちらの壁画は、アンドレア・デル・サルトによるものです」

「ポントルモ……？」

その名前には覚えがあった。私は説明もそっちのけに、鞄を開けてごそごそとメモを引

っ張り出した。そこに、

「ポントルモ、作品、中央壁」

と書いてある。そして、その横にミミズのような文字で、

「Andrea del」

という書き損じがあった。もしかすると、彼女は「Andrea del Sarto《アンドレア デル サルト》」と書こうとしたのではないか？

私はじっとメモを見つめた。

「古代神殿」という小さな走り書きもある。そういえば、さっき通って来た工事中の玄関の上に、古代ギリシャの神殿風の三角形の破風《はふ》の付いていたのを思い出した。

「古代神殿」「ポントルモ」「Andrea del……」

ここまで、メモに書かれた通りなら、もしかすると、○の中を十字に仕切った幾何学模様も、この広間のどこかにあるかもしれない……。もし、あったなら、彼女は間違いなく、メモにこの大広間の内部を描いたと思ってよいのだ。

私は四方の壁を一つずつ嘗《な》めるように見回した。その模様はどこにもなかった。

（まさか、そこまではないか……）

と、ほっとしたような、がっかりしたような気分になって、何気なく上を見上げた瞬間だった。私は、体にズキンと電撃的なショックを受け、そのままの姿勢で、氷の棒になった。

天井一面が、○を十字に仕切ったたくさんの連続模様で、びっしりと埋め尽くされていた。四つの仕切りの中には、対角線状に、翼を広げた鳩のような形と、×に組み合わされた鍵の模様が入っている……。

私は声も出せずに、隣にいる西山さんのジャケットの裾を引っ張って、メモを渡し、黙って天井を指さした。彼は、メモと天井を見比べると、

「わーっ！　何やこれ、気持ち悪い……」

と、声を上げたきり、やはり氷の棒になった。

ボルサリーノの老紳士は、淡々と説明を続けていた。

「フィレンツェでの政争に疲れたロレンツォ・デ・メディチは、人里離れたこの別邸をこよなく愛し、この壁画に見入ったり、読書したり、周囲の農園を見てまわったりして過ごしました。この別邸には、学者や芸術家たちも集まり、この大広間はプラトン・アカデミーのサロンになりました」

私は、床から浮いているような感覚のまま、その説明を聞いていた。

五百年前、この広間には、かぶりもの付きの長い外套に身を包んだ学者や、胴着の袖から優雅にブラウスをのぞかせた若い芸術家たちが大勢集まって、懐深く腕を組み、テーブルに頬杖を突いたりしながら、「プラトン的愛」について意見を交わし合った。その中に、豪華なジョルネアをまとい、腰にラピスラズリのベルトをしたブロンドの貴族はいただろうか。

「誰と誰がここに来たか、わかりますか？」

「プラトン・アカデミーのメンバーたちです」

「たとえば？」

「ロレンツォ・デ・メディチ」

「他には？」

「ポリツィアーノや、ピコ・デラ・ミランドラ……」

「他には？　たとえばですよ、『ルビー』とか『ロビー』とか『クレオ』と呼ばれるような人は来ませんでしたか？」

そうたずねてはみたが、もちろん、わかるはずもない。

「さぁ、あいにく、五百年前のことですので……」

と、老紳士は慇懃に微笑んだ。


私たちは、メディチ荘の前に広がるイタリア式庭園の森の中を、枯れ葉を踏みしめながら歩いた。散歩道のあちこちに彫刻が立っている。

西山さんも私も、メモが大広間の様子をあまりに言い当てていたことに茫然《ぼうぜん》としていた。

「その人、ほんまに一度もイタリアに来はったこと、ないんですかね。悪いけど、嘘ついてはるのと違いますか」

私も全く同じ思いだった。けれど、清水さんは何度も、

「イタリアには興味がないし、パリへ行く途中、乗り換えのためにいっぺんローマの飛行場に降りたことがあるきり」

と言った。私は、彼女の家族にも確かめた。娘さんは、

「森下さん、実はうちの母、バチカンがどこにあるのか、フィレンツェがイタリア半島のどのへんにあるのかさえ知りません。イタリア語なんか、読めるわけがありません」

と断言した。

それが、嘘ではないらしいとわかったのは、ほんの些細《ささい》なできごとからだった。彼女は、自分で書いたメモの中の「vecchio《ヴェッキオ》」（「古い」という意味）という単語を、「ヴェッチョロ」と読んだのだ。それを小耳にはさんだ時、私は初めて、彼女が本当にイタリア語を読めないことを確信した。

ポッジォ・ア・カイアーノのあの大広間に入って見ると、彼女のメモが正確であることがわかる。まるでイタリア・ルネサンス美術の研究家のようだ。

なのに、なぜ「ルビー」という男の本名がわからないのだろう。彼女の言葉は、「ラウレンツィアーナ図書館」「ポッジォ・ア・カイアーノ」などと、歴史的な建物や作品についてはきわめて正確で、こうしてその裏付けも取れるのに、なぜか「デジデリオの恋人」の話になると、急に「愛称」しかわからなくなる。

もしかすると、ある部分までは美術史の本で調べあげ、そこから先は彼女がデッチあげた架空の物語なのではないか……。私は、美術史を舞台にした、空想の物語に翻弄《ほんろう》されて

いるのではないか……。

新たな疑いが、心の中を一羽のツバメのように、素早くかすめた。

ラピスのベルト

三つめのヒントは、

「デジデリオはルビーのために、ラピスラズリという群青色の貴石を細工したベルトを作って捧げたことがあった」

というものだ。しかし、それが五百年後の今も散逸せずにあるのか、現存するとしてもどこに所蔵されているのか、わからない。何の手掛かりもなかった。

濃い群青色のところどころに金色の小さな点のあるラピスラズリの色彩は「アラビア砂漠の夜空」にたとえられ、現在でも指輪やイヤリングなどに使われている。

「ラピス（ラズリ）は、どんなに叩いても光の屈折率が変わらない石なんです。叩いても青が変色しないから、顔料にもなったし、当時の工芸品にはかなり頻繁に使われたんですよ。だから、ベルトの飾りに使われたこともあったかもしれません」

と、西山さんが専門家らしい意見を聞かせてくれた。

ルネサンス時代の工房は、教会や邸宅を飾るさまざまな装飾品や工芸品など、きわめて広い範囲の制作を手がけていた。銅版画、ブロンズ鋳造、大理石彫刻、象がん細工、金銀細工、テラコッタ、貴石細工、儀式用の舞台装置や馬上槍試合用の兜《かぶと》まで、職人はなんでもこなした。まして、デジデリオは彫刻家だから、石の扱いには慣れている。彼が、貴石細工をしたとしても、少しも不自然ではなかった。

しかし、たとえ現存するとしても、そのベルトがどこかの貴族の館の金庫の中にしまわれていたら、見つけ出すのは不可能だ。

とりあえず私たちに見て歩くことができるのは、公開されている博物館だけだった。

偶然にも、サン・ロレンツォ聖堂で、メディチ家所蔵品の展覧会が開かれていた。そこで、私はラピスラズリの工芸品を見つけた。しかしそれは、「聖遺物」と呼ばれる聖人の遺骨を納めるガラスの蓋だった。

バルジェッロ国立博物館、ピッティ宮にも足を運んで、部屋から部屋へ、膨大な量の宝物を見て歩いた。ブローチ、ネックレス、指輪、髪飾り……。

ピッティ宮の銀博物館の二階の展示室の、宝石を使ったカメオやインタリオなどの並ぶ、ガラスケースの一番右端に、長さ十五センチくらい、アーモンドの粒ほどのラピスラズリを繋げた装飾品があったが、ベルトにするには短すぎる。

「もしかしたら倉庫に、一般公開されていない宝物があるかもしれませんね」

私たちはサン・ロレンツォ聖堂、バルジェッロ国立博物館、ピッティ宮銀博物館の、それぞれの事務所のドアを叩き、例によって、紹介状を見せて、学芸員を紹介してもらい、話を聞いた。しかし、返ってきたのは、

「一般公開していない宝物なんて、ありません」

「私はこの仕事を三十年やっています。所蔵品はすべて見ていますが、ラピスラズリの腰帯なんて、一度も見たことはありませんし、聞いたこともありません」

「そういうものはありません。多分、それは伝説でしょう」

という、そっけないものだった。

「あの人たちが知らないだけかもしれない。イタリア人は、自分が知らないことはみんな『伝説』にするんです」

西山さんは、そう言って慰めてくれたが、これ以上は、探しようがなかった。私たちは、ベルト探しを諦める他なかった。

ミケランジェロの小部屋

四つのヒントの三つまで探して、「ルビー」についての手掛かりは、一つもつかめない。収穫のない空《むな》しい日々が過ぎて行った。

最後のヒントは「馬の絵のそばの顔」だった。

「ラウレンツィアーナ図書館の壁には、ルビーをモデルにして描いた壁画がある。それは、『馬の絵のそばにある』」

と、清水さんは謎めいた言葉を口にしたのだ。

この壁画について、私は出発前に日本から、西山さんにファクスで情報を流してあった。ところが、その時、大事なポイントを一つ落としていたことに気づかなかった。それは、

「その絵を描いたのは、ミケランジェロ」

ということだった。

ポイントを一つ落としたまま、私たちはずっと「馬の絵のそばの顔」を探し歩いていたのだ。西山さんは、

「森下さん、僕、ラウレンツィアーナ図書館をくまなく下見して回ったんですが、『馬の絵』なんてないんですわ。階段の上に『受胎告知』の壁画があるきりなんです。他の建物とちがいます?」

と、しきりに訝《いぶか》っていた。「ラウレンツィアーナ図書館の歴史」を調べに行った日も、どこかに「馬の絵」がないか図書館の壁の隅々に目を走らせた。

「サン・ロレンツォ聖堂とメディチ家礼拝堂の中も探してみましょう」

ラウレンツィアーナ図書館は、サン・ロレンツォ聖堂の左隣の入口から二階に上がった場所にあり、メディチ家礼拝堂は、サン・ロレンツォ聖堂をぐるりと回った裏側に入口がある。つまり、「サン・ロレンツォ聖堂」「ラウレンツィアーナ図書館」「メディチ家礼拝堂」の三つは、全部同じ建物の中にありながら、それぞれ入口が違うのである。

私たちは、サン・ロレンツォ聖堂とメディチ家礼拝堂に、「馬の絵」を探しに行った。

「プリンチピ礼拝堂」。「昼」「夜」「曙《あけぼの》」「黄昏《たそがれ》」の寓意像で知られるミケランジェロ作「ジュリアーノとロレンツォ・デ・メディチの墓碑」のある「新聖具室」。さらに、紹介状を使って一般には見せてもらえない「旧聖具室」にも入った。

あちこちで案内係の人に、

「この部屋のどこかに馬の絵はありませんか?」

とたずねた。そのたびに、

「馬の絵? そんなもの、ありませんよ」

と、あやしむような視線を向けられたが、私たちはすでに、そういう視線には、慣れっこになっていた。


その晩、ペッレグリーノ通りにある西山さん一家のアパートで夕食をごちそうになった。玄関を入るなり描きかけの大きな油絵四、五点に出迎えられた。裸婦、着衣、ソファに横たわる姿、後ろ姿……。モデルはすべて一人の豊満な女性で、ウェーブのかかった黒髪は長く、瞳の奥に柔らかい光があった。

「お待ちしていました」

とエプロン姿で出迎えてくれた奥さんが、その油絵のモデルだった。

奥さんもイタリア国立美術院フィレンツェ校を卒業した画家である。ご夫婦の友人の日本人留学生も来ていて、

「で、どうなりました? 馬の絵、見つかりました?」

と身を乗り出した。

私の前世探しは、西山さんの知り合いの芸術家の間で話題になっていて、時々、

「デジデリオの件、どうなった？」

と電話がかかってきたりするという。

奥さんやお友達も、頭を寄せ集めて考えてくれた。

「僕は、その馬の絵って、もっとわかりやすいところにあるような気がする」

「フィレンツェで一番有名な馬の壁画といえば、ドゥオーモにあるパオロ・ウッチェロとカスターニョの大きな騎馬像だけど」

「でも、あの馬の絵のそばに誰かの顔の絵なんてあったかしら〜」

「ヴェッキオ宮殿の五百人広間の壁画には、やたらに馬が出てくるわよ」


翌日、さっそくドゥオーモにあるパオロ・ウッチェロとカスターニョの大きな騎馬像を見に行ってみた。そばに顔の絵はなかった。ヴェッキオ宮殿の五百人広間の壁画も見にいった。こっちは人馬いり乱れていて、どれがどれだかわからなかった。

フィレンツェに来て、もう八日がたっていた。残りは、あと一日半。

私たちは歩き疲れて、シニョーリア広場に近いカフェの椅子に座って休んでいた。私は清水さんのメモを取り出して、書き散らしてある言葉をもう一度、声を出して読んだ。

「ラウレンツィアーナ図書館、壁画、モデル、顔、馬の絵、ミケランジェロ」

西山さんがふと顔を上げて、

「ミケランジェロ？」

と聞き返した。私はその時初めて、見落としていたことに気付いた。

「あ、そうそう忘れてた。その馬の壁画を描いたのは、ミケランジェロなんですって」

「壁の絵は、ミケランジェロが描いたんですか？　ミケランジェロの馬の壁画……。そんなのあったかなぁ？　五百人広間には、昔、ミケランジェロがダ・ヴィンチと競作した『カッシナの戦い』という壁画があったんですが、今はありませんしね……」

西山さんは頬杖をついて考え込んだ。

「馬の絵のそばの顔」探しも、これで打ち切りにする他なさそうだった。

ラウレンツィアーナ図書館の利用者の中に、それらしい人物はいなかった。

ポッジォ・ア・カイアーノのメディチ荘の広間は、清水さんのメモの通りだったが、それが「ルビー」とどういう関係があるのか、わからない。

「ラピスラズリのベルト」も、「馬の絵のそばの顔」も、とうとう見つからなかった。

結局、「ルビー」という男が実在したのかどうかさえわからないのだ。私たちは、「ルビー」探しに疲れていた。

もともと存在しない男を、一生懸命探していたのかもしれない……。そう思うと自分のやっていることが、ひどく滑稽《こっけい》に思えた。私は、思い込みの泥沼にはまっているのだろうか？

そう自問した時、突然、

「あっ！」

と、西山さんが大声を上げた。

「ああーっ！」

彼は、叫びながら両手で頭を抱えた。何事が起こったのかと思った。

「森下さん、どーして、早く言ってくれなかったんですか？」

「え？」

「ミケランジェロが描いた壁画と言えば、それだけでもう限定されてくるんですよ」

私はきょとんとなった。

「あるんです！　ラウレンツィアーナ図書館に、確かにミケランジェロの描いた壁画が……。メディチ家礼拝堂側の入口から入るんですが、ラウレンツィアーナ図書館とメディチ家礼拝堂は、御存知の通り、同じ建物ですからね」

「でも、メディチ家礼拝堂の中だって、きのう、くまなく見たじゃない」

「いえ、あのどこかに一般には見せていない『ミケランジェロの小部屋』というのがあるという話を友人から聞いたことがあります。礼拝堂の入口で『ミケランジェロの小部屋を見せてください』と予約すれば、時間を決めて連れていってくれるという話でした。そこにミケランジェロが籠《こ》もって壁いっぱいに描いた落書きのようなものが残っているんだそうです」

「……馬の絵は、そこにあるの？」

「それは、僕もわかりません。でも、ミケランジェロの壁画と言えば、あとは、あそこしかありません」

彼は腕時計を見て舌打ちした。もう「メディチ家礼拝堂」の閉館時刻を過ぎていた。明日一日しかない。

「明日申し込んで、その場で見せてもらえるかしら」

「わかりません。でも、行ってみましょう」

翌朝九時。開館を待ちかねて、「メディチ家礼拝堂」に入った。西山さんが一時間ほど遅れるというので、私が一足先に入ることになっていた。教えられた通り、チケット売り場で、

「ミケランジェロの小部屋を見せてください」

と申し込むと、窓口の男性が、チケットにササッと何かを鉛筆書きし、

「そこで待っていてください」

と、チェーンで遮った入口を指した。日を改めなくとも、少し待てば見られる様子だ。ラッキーだった。

二十分後、ウッディ・アレンのような分厚いメガネをかけたガイドさんが、大理石の階段をバタバタと二段置きに駆け降りてきた。

「ミケランジェロの小部屋へ行く方……」

近くに団体客はぞろぞろいたが、手を上げたのは私一人だった。ガイドさんは、

「一人?」

というように指を一本立てた。コクッと頷くと、チェーンを外して、大仰な仕種で、

「プレーゴ！（どうぞ！）」

と、通してくれた。後をついて行くと、彼は、中央の階段を上がり、すでに私が見た「プリンチピ礼拝堂」をぐるっと案内して説明し、次にミケランジェロの「ジュリアーノとロレンツォ・デ・メディチの墓碑」の「新聖具室」へ入った。そこも、すでに見た場所だった。少し心配になった。果して、「ミケランジェロの小部屋」はどこにあるというのだろう……。

ガイドさんは、混み合う見学者たちの間をぬって、部屋の隅に行き、小さな木のドアを開けた。その奥は何もないただの控えの間だった。私はそこへ通された。彼は、ドアを閉めると、その控えの間の壁際の床にひざまずいた。そして、そこに嵌《は》め込まれていた厚い床板を持ち上げたのだ。音もなくスッと口を開けた床下に、なんと、人ひとりがやっと通れるくらいの狭い階段が現れ、地下室に続いていた。

「これは……」

思わず日本語で口走った。

膝が震えた。

ガイドさんは先に細い階段をすいすいと下へ降りていった。その後ろに続いた。

蒲鉾《かまぼこ》型の天井の、ウナギの寝床のような細長い半地下。それが「ミケランジェロの隠れ家」と言われる伝説の場所だった。クリーム色っぽい壁いっぱいに、デッサンが躍ってい

た。

「すごい……すごい……」

　私は、そればかり繰り返した。

　ガイドさんはその地下室とデッサンについて、一つ一つ説明した。早口のイタリア語はほとんどわからなかったが、私はひたすらデッサンを目で追い、「馬」の絵がないか探した。

　裸の人間たちの群像。中には、子供のイタズラのような落書きもある。入口から長い壁沿いに、ウナギの寝床の突き当たりまで見て、そこから、反対側の壁をなめるように目で追いながら、一歩一歩ゆっくりと入口の方へ戻ってきた。

　その壁の中程で、彼は、天井に近いあたりを指さし、こう言った。

「クエスト・エ・『ウマ』」

　確かに「ウマ」と日本語が聞こえた。なぜか彼は、そこだけ日本語で言った。日本人観光客から、たまたまその単語だけ教えてもらったのだろうか……。思わず、

「ウマ?」

と鸚鵡《おうむ》返しに問い返したが、私はそれが「馬」だと知っていた。天井際から壁への蒲鉾型のカーブの部分に、鼻づらが飛び出しているではないか。

「Ｃａｖａｌｌｏ《キャヴァッロ》。ウマ」

　ガイドさんは、今度は、イタリア語と日本語で言った。

「馬の絵」はあった。視線を下へ移動した。そこに、髭《ひげ》に覆われた男の「正面顔」と「横顔」があった。この二つの顔が、地下室の中で、ひときわ目立つはっきりしたデッサンだった。「正面顔」は苦悩するように歪《ゆが》んでおり、「横顔」は、たくましい男の脚のデッサンとくっつくように描かれて、口元にかすかに微笑みが見える。二つの顔は、別人のように見える。ガイドさんは「正面顔」を、トロイアの神官「ラオコーン」、「横顔」は旧約聖書の英雄「モーセ」の像のデッサンだと言った。

その時、

「ありましたか？」

という声がウナギの寝床にこだまして、西山さんが、細い階段を下りてきた。

「あったわ」

「へっ？」

彼は、つかつかと大股で近づいてくると、私の指さした天井から壁へのカーブ、そして、その少し下をじっと見つめて、

「ほんまに……」

と、立ち尽くした。

「この絵に、モデルはいますか？」

彼はガイドさんに聞いた。

「ええ、そりゃいましたよ」

「それは誰です？」

私たちはガイドさんの、ウッディ・アレンのような、分厚いメガネの奥を見つめて、答えを待った。彼は、ひょいと肩をすくめ、

「さぁ、五百年前ですから……」

と、笑った。

清水さんが語ったのが、「ラオコーン」「モーセ」どちらの顔のことかはわからない。どちらも「馬の絵」のそばにあるが、「モーセ」の方が、美丈夫に見えた。

いずれにせよ、それが本当に「ルビー」と呼ばれた貴族の顔なのか、そして、デジデリオが彼の愛人だったのかどうか、この段階では、わからなかった。

「ほんまにありましたね」

「見つかったわね、とうとう最後に……」

ガイドさんは、

「この部屋の絵は、もうあと二年ほどで消えてしまいます。よく見て行ってください」

と言った。保存処理をしていないのだという。私たちは、「ラオコーン」と「モーセ」の顔を目に焼きつけて地下室を出た。

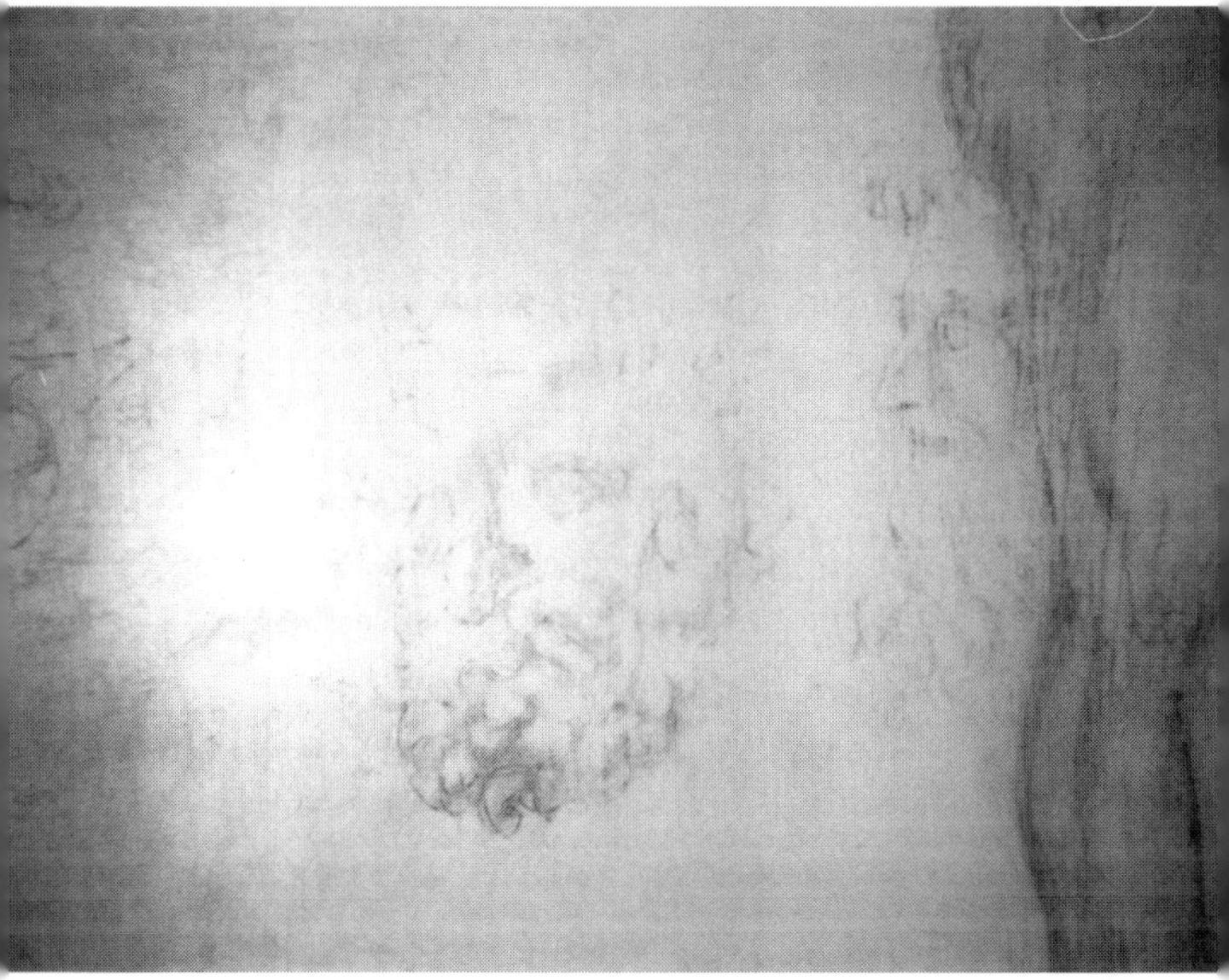

「ミケランジェロの小部屋」の壁に描かれていた「顔」（写真中央にかすかに浮かんで見える「正前顔」とその右側の「横顔」）と「男の脚」のデッサン。モデルは、デジデリオの恋人「ルビー」？

5　サクラメントの祭壇

彼のいた道

その日の午後、私はサンタ・トリニタ橋のたもとに立った。サンタ・トリニタ橋は、貴金属と宝石の店が立ち並ぶ観光名所ヴェッキオ橋の一つ川下に架かっていて、ヴェッキオ橋が最もよく見晴らせる場所である。アルノ川の水は、絵筆を洗った水のような暗緑色に濁っていて、一人乗りのボートが、航跡を引きながら、水すましのようにすいすいと、流れを下って行く。

デジデリオは、このサンタ・トリニタ橋付近に、兄のジェリと工房を構えていた。界隈には今も、家具、額縁、陶器、硝子、靴、鞄などの店と工房が多い。

十五世紀後半のフィレンツェには、約四十の画家工房、五十四の石工師工房、八十四の木工師工房、四十四の金工師工房があった。工房の内部には、物置、洗い場、暖炉が備えられていて、助手や徒弟が、親方の指揮の下で働いていた。

清水さんによれば、デジデリオの工房では三、四人の助手と、三人の子供の徒弟が働いていたという。壁には、大槌《おおづち》、ハンマー、ドリル、丸鑿《まるのみ》、平鑿《ひらのみ》、くし刃、やすり、さし金などの工具がずらりと並べて掛けられていた。徒弟たちが、カラーラ産の新しい白大理石ブロックを手押し車で運び込む。一人の助手は、石板にデッサンを描いては、水で濡らした革の雑巾で、何度も拭き消して描き直している。他の助手たちは、大理石の粉にまみれながら、デジデリオの素描に基づいて石を粗彫りしている。

「カチン、カチン、カチン……カチン、カチン、カチン……」

冷たい鑿打ちの音と共に、破片が床に飛び散る。

工房の一番奥では、親方のデジデリオが自ら鑿を握り、時折離れて出来映えを確かめながら丹念に仕上げをしている。硬い大理石が、少しずつ、幼な子の柔らかな頬や、風になびく薄絹の衣に変化する。それがデジデリオの名人芸だった。

デジデリオは手を止めては、助手たちの彫り進み具合を確かめ、工房だけで通じる符《ふ》牒《ちょう》を使って手短に指示を与え、また作業に戻る。用を言いつけられた子供の徒弟たちは、水を汲んだバケツを持って走ったり、食事の支度や身のまわりの世話にかかったりする。

仕事場の隅には、完成した作品が布をかぶせられてずらりと並んでいた。

サンタ・トリニタ橋のたもとに、デジデリオの小さな作品が残っていた。

「あれです。見えますか」

西山さんは、ある建物の壁画を見上げて指さした。サンタ・トリニタ橋に近いトルナブオーニ通りに建つ「BANCA《バンカ》　FIDEURAM《フィデウラム》」という銀行（一九九三年現在）。その石壁に、座蒲団くらいのサイズの石板が嵌めこまれている。それは、まるで封筒の肩に貼った切手のように見えた。

「……ああ、あの小さな？」

「そうです」

目を凝らすと、そこに獅子のレリーフが彫られているのがかすかにわかる。

「ジャンフィギアッツィ家の紋章」だ。この建物は十五世紀、ジャンフィギアッツィ家という貴族の住まいだった。

当時の中、上流階級のフィレンツェ人は、絵、祭壇、彫像、レリーフなどで飾った住宅を自慢にしていた。工房の仕事のほとんどは、実はこうした市民生活の需要と結びついた調度品だった。貴族の館のマントルピースの縁、当主の胸像、中庭の噴水の飾りなどの注文がどんどん入った。ここはデジデリオの工房からはまさに目と鼻の先、サンタ・トリニタ橋界隈には、到る所に彼の工房の作品があったはずだ。その下をデジデリオが歩き、時には立ち止まって見上げたことだろう。

美術館のギャラリーに大切に展示されている作品は時が止まっているけれど、街中に残っている小さな名もなき作品は、ずーっと時を刻み続けている。風雨にさらされ、煤《すす》によごれ、雑踏に面した銀行の壁の上から、五百年前にデジデリオの仕事場のあった場所を、今もじっと見下ろしている。

「彼はかつて、ここにいたよ」と、言っているみたいだ。そして同時に、痕跡だけを残して本人が地上から消えたこと、「死」を語っているのだった。

石を彫っていた男も、石になった。ここから一キロと離れていない、サン・ピエロ・マッジョーレ教会の跡の長屋の下に眠っている。

三十年と少ししかなかったデジデリオの人生が終わって、その後、五百年余りの沈黙の時間、このレリーフは、ずっと壁の上から彼のいた場所を見下ろしてきた。そして、

「人の一生は、所詮、ある日時に始まり、ある日時をもって終わる、日付をもった物語だ。永遠の時の流れの中で、それは実に短い物語にすぎない」

と、語っているように見えた。

再生の祈り

夕方、私たちはもう一度、デジデリオの「サクラメントの祭壇」を見に、サン・ロレンツォ聖堂に行った。

祭壇は、フィレンツェに着いた日と同じように、暗がりの中で照明を浴び、白っぽく浮き上がって見えた。

それをながめながら、西山さんが言った。

「デジデリオは生命の不滅を信じていた、という説があるんです」

「えっ？」

私は、彼をふり返った。

「最初の日にお渡しした、イダ・カルデリーニさんの研究書に書いてあるんですよ。ほら、この祭壇は、てっぺんに『幼子キリスト』の彫刻、台座にキリストの遺骸を抱いた聖母と聖ヨハネのレリーフが彫られていますよね。上は『誕生』、下は『死』の象徴です。そして、その中間に門があるでしょう」

私は彼の言葉に従って、じっと祭壇の中央にあるアーチ型の門を見た。

「門の中は、遠近法で、視線が奥深くへずーっと伸びるように見せてますでしょう」

なるほど、その門の中は、巧みな遠近法で、長い廊下がずーっと向こうまで、トンネル状に伸びているように見える。真っ直ぐ深く、まるで教会の壁を突き抜けているかのようだ。

「手前から奥に向かって吸い込まれるように見えますけど、同時に、奥から手前へ道がぐんぐん伸びて来るようにも見えますよね」

確かに、その廊下は、向こうと手前、双方向に延びているように見えた。

「これは『永遠の生命』を表しているんだそうです」

「…………？」

「イダ・カルデリーニさんによれば、この祭壇は、『誕生』と『死』の中間に『生命』があって、それが『誕生』と『死』の二つの方向に向かっているように見せている。『生』と『死』が何度も繰り返される不滅のサイクルを表現している、と言うてはるんです。つまり、デジデリオは、『immortalità《インモルタリタ》 della《デッラ》 vita《ヴィータ》』(生命の不滅)

を信じていたと」

「『生と死が何度も繰り返す不滅のサイクル』って、輪廻転生のこと？」

「そうです。そもそも、イタリア語のルネサンス『rinascimento《リナシメント》』は、『復活』という意味なんですよ」

それを聞きながら、ふと思い出したものがある。「ドクロの付いた錫杖《しゃくじょう》」だ。

「葬列だわ。誰の葬列だかはわからないけど。シャーン、シャーンと杖を振り下ろしながら歩く黒衣の人が見える」

と、清水さんは語った。

フィレンツェに来てから、私は博物館、美術館、教会で、頭に十字架やキリストのついた錫杖をいくつも目にしていた。そして、バルジェッロ博物館で、彼女の話に登場した「ドクロの付いた錫杖」を見た。

その錫杖に、ペストの黒い記憶がしみついているように思えた。ペストは、まさしく黒い悪夢だった。その当時、治療法はもちろん、原因も感染経路も解明されていなかった。近くの町でペストが出たと聞くと、人々は恐怖に震え上がった。きのうまで元気だった人間が、今日は黒いむくろになって野積みされる。明日は自分もその中の一体かもしれないのだ。

「鞭《むち》打ち団」という巡礼が町から町へとねり歩いた。男女の群れが、旗を振り、陰鬱《いんうつ》な歌を歌いながらやってくる。彼らが町へ近づくと、すべての教会の鐘が鳴り出し、住民はなだれをうって教会へ向かった。教会に着くと、彼らは巡礼と一緒に敷石に身を投げ打ち、自分を鞭打った。自ら鞭打って贖罪《しょくざい》し、ペストによって怒りをあらわした神に、最後の審判でのとりなしを求めたのである。

ルネサンスは、この「黒死病の時代」に花咲いた。「ルネサンス」という言葉自体は、十九世紀になって歴史家が作った造語だが、「再生」の概念は当時からはっきりとあり、「re」や「ri」という、「再」の意味の接頭辞の付く言葉が大流行したという。特にもてはやされた言葉は「再生成」「回復」「刷新」「再形成」「再生」。「再生」とは、ひとたび死んだものが、体を取り戻して帰ってくること、つまり、よみがえりである。人々は、現世の生をおびやかされて、魂の永遠を求めた。そして、人は死んでも、やがて生まれ変わるという古代信仰、「輪廻説（reincarnazione《レインカルナツィオーネ》）」にすがりついたのである。

ルネサンス人は、迫り来る死の恐怖にさらされていたから、よみがえりを切望し、生を賛美した。ボッティチェッリの「春」のみずみずしい生の賛美の背後には、実は暗黒の闇が広がっていたのだ……。

デジデリオも「生命の不滅」「復活」を信じていた。それは「ルネサンス」という時代の祈りであったし、デジデリオ自身の祈りであったろう。

イダ・カルデリーニはこう書いている。

「この芸術家は、まだ三十歳そこそこの若さで、存在という永続した流れの中の不滅の生命を信じた」

デジデリオが「サクラメントの祭壇」を制作中の一四五八年、最初の子、マリアが生後八ヶ月で死んだ。子供の死亡率は恐ろしく高く、疫病や下痢、流感、結核、飢餓の犠牲になって多くが死んだ。生き残る可能性は、わずか二十～五十パーセントしかなかった。

実は、数日前、私と西山さんは、マリアが埋葬されたサント・アンブロージョ教会に行っていた。そこは、デジデリオが埋葬されたサン・ピエロ・マッジョーレ教会の、あの廃墟と目と鼻の場所にあった。こちらは外壁が真っ白く塗り直され、往時《おうじ》の面影のない姿になっていた。そして私たちは、サント・アンブロージョ教会の祭壇の上で、両親に抱かれた赤ん坊が、祖父母や親戚の見守る中、神父様から洗礼を受けるのに、たまたま出会った。

マリアが死んだ年、デジデリオは「サクラメントの祭壇」の中の、「誕生」を象徴する「幼子キリスト」を完成させた。子供のぬくもりが伝わってくるような愛らしさは、祭壇の中でも特に際立っていた。それは、超然とした「神の子」の像ではなく、どこにでもいる普通の人間の赤ん坊だった。普通の子供のみずみずしさの中に、神がいる。この「幼子キリスト」は当時、人々の間で大評判になった。

しかし、子供時代を運良く生き延びたとしても、当時の人々には、早すぎる死がいつでも口を開けて待っていた。清水さんが「腹違いの兄弟」だと言うポルトガル枢機卿がわずか二十五歳で死んだのは、その翌年。そして、デジデリオ自身の死も、数年後に迫っていた……。

デジデリオが「生命の不滅」を信じていた……。不思議な感慨が私の中に起こり、それは真綿に水が染み込むようにじわじわと広がった。

彼と私は「輪廻転生」という、同じテーマで繋《つな》がっていたのだ。私は、「あなたはデジデリオの生まれ変わりよ」という言葉をきっかけに、フィレンツェへやって来た。そして今、デジデリオが「輪廻転生」を表したという、「サクラメントの祭壇」の前に立っている。

私はもう一度、祭壇の中の、遠近法で奥まって見える廊下に目をやった。デジデリオは「誕生」と「死」の双方向に伸びる「永遠の生命」を表したというが、その時、私には、その廊下が「過去」と「現在」の双方向に向かって伸びているように思えた。その廊下を挟んで、向こうに「彼」が、こっちに「私」がいる。それは、

(私は今、彼の近くにいる……)

と、最も強く感じた瞬間だった。

「よろしいですか?」

と、西山さんが言った。

「ええ、行きましょう」

私たちは祭壇の前を離れて出口へ向かった。その時ふと、またあの匂いがした。私は立ち止まり、一度だけ祭壇を振り返って、微笑んだ。

6　生地ポルト

夕焼けの下で

翌朝、私はペンショーネ「デジレ荘」を引き払った。荷物をまとめてフロントで宿泊費を精算すると、御主人は、いつもと同じ赤いセーター姿で、

「フィレンツェへ来たら、また泊まってください」

と、手を差し伸べた。


その日、私はフィレンツェ中央駅から午後一時発の列車でボローニャへ行き、ボローニャ空港からポルト行きの直行便に乗る予定だった。出発時刻の寸前にフィレンツェ中央駅の階段を駆け上がると、何と、まだ電車が到着していなかった。発着掲示板を見上げると「in《イン》　ritardo《リタルド》」（遅延）の表示が出ている。いつになったら出発できるかわからなかった。

「こういう時に限って、これや……」

見送りに来てくれた西山さんが舌打ちした。

「こんなん、イタリアでは、日常茶飯事ですわ。車で高速道路を飛ばせば、何とか間に合います。僕がボローニャ空港まで車で送ります」

奥さんも一緒に、空港まで送ってくれることになった。ルノーで北へ向かった。フィレンツエとは、慌ただしい別れになった。

「心残りは、『ルビー』の本名が突き止められなかったことですねぇ」

高速道路をつっ走りながら、西山さんが残念そうに言った。

「私、日本へ帰ってからも『ルビー』が実在したのかどうか、引き続き資料で探してみるわ。西山さん、今後も調べて欲しい事ができた時、協力してくれますか？」

と、尋ねると、

「もちろんですよ。せっかくここまでやった仕事を、他人には渡したくありません」

という頼もしい返事が返ってきた。

ボローニャ空港のロビーで、西山さん夫妻に見送られ、私は手を振ってゲートを通った。ここから先は一人旅だった。

飛行機が離陸すると、私は楕円《だえん》形の小さな窓に顔をくっつけてイタリアの大地を見送った。ボローニャの赤い街並みは、瞬《またた》く間に小さな点になり、緑の丘はやがて、茶色の山肌になった。

(フィレンツエはどっちの方角だろう)

イタリアを離れる時、私はいつも、自分の心を置き去りにしたような空しさを味わう。

電車や飛行機の窓ガラスに顔を押しつけ、いつまでも街を見送る。すっかり見えなくなってしまうと、体の中に、ぽっかりと穴があいたような気持ちになるのだ。イタリアの大地が白い雲の間にすっかり隠れてしまうと、私はシートに背中をあずけてそっと瞼《まぶた》を閉じた。

飛行機は西へ向かって飛んでいた。ポルトガルまで三時間。そこは、ユーラシア大陸の西の果てだ。

ポルト空港に着いたのは、午後五時。

入国手続きと両替をすませ、観光案内所でホテルの予約をし、ポルト市内の地図を手に、やっと空港の外へ出たのは、一時間後だった。

「バスで中心部へ行くなら、あちらが停留所です」

と、案内所の女性に教えられるまま、空港ロビーのガラスのドアを押して外へ出た時、ぴんと張りつめたような冷たさを頬に感じ、顔を上げた。

私は異様に明るい血色の空気の中で立ちつくしていた。カンナの花のような、鶏の鶏冠《とさか》のような赤。道も車も全てが赤いセロファン紙を透かし見たようになり、私の指先も、ざくろ色に染まった。

気温や湿度、日差しの角度など、どういう気象条件が互いに作用し合って、ポルトガルの夕空は、あれほど赤く燃えるのだろう。その色が、激しい情熱のように、深い嘆きのように、空の果てまで続いている。

　知らない町の、誰もいない停留所で、リュックサックに腰を下ろし、夕焼けに染まりながらヒュウヒュウと吹きすさぶ風の音を聞いていると、急に自分が、漂流者になったような心細さを感じた。その心細さは、なぜか官能的で、味はあくまで甘かった。それは、もしかすると、まだ残っている若さのせいかもしれない。私は何歳まで、この甘さを味わうことができるだろうか……。

　中心部へ向かうバスの車内はがらがらだった。地図の中の丸印を指さして見せると、赤ら顔の中年の運転手さんは、

「教えてあげる。まかせなさい」

　というように、うなずいた。

　バスはひどくおんぼろだった。床板は所々剝《は》がれ、土埃で白い。シートの幅は狭く、硬かった。道路の舗装も悪いらしく、時々、下から突き上げるようにガタピシと大きく揺れた。

　バスは夕焼けの中、田舎道のあちこちで停車し、仕事帰りの労働者や、肩掛けカバンの子供たちを、たくさん拾った。バスはあっという間に満員になった。くすんだ茶色やグレーのブルゾンや、セーター。女性はすっぽりとスカーフをかぶって、化粧をした女性は見かけなかった。

　ここはリスボンに次ぐ、ポルトガル第二の都会のはずなのに、南米ボリビアの田舎に来

たような気がした。

バスは川を渡り、工事現場を通った。大きな建物のある地区に入る頃には、あたりはすっかり夜だった。どっと乗客が降りて、車内は再びがらがらになった。私の降りる停留所はまだ先らしい。教会の尖塔や博物館のような石造りの建物に囲まれた広場に着いたのは、夜八時過ぎ。運転手さんは、私を振り返って、「ここですよ」というように、地面を何度も指さした。

バスを降りると、人気のない通りで豆電球のイルミネーションが冷たい風に揺れていた。ポルトガルは、緯度ではフランスやイタリアよりも南なのに、北海道のように空気がはりつめている。

イルミネーションの坂道を駆け下りると、ホテル「インファンテ・デ・ザグレス」は、その角にあった。ドアを押して入るなり、暖房のやわらかなぬくもりと、ポルトガルの大航海時代を思わせる美しい景徳鎮の壺に迎えられた。

そこは、ポルトきっての豪華ホテルだった。ロビーの絨毯。壁のタペストリー。窓のステンドグラス。噴水のあるアラビア風のパティオ。天井の高いダイニングルーム。

小さな椅子の付いた古風な昇降機に乗って部屋へ案内されると、暖房が効いていて、ベッドサイドには、金色の紙に包まれた小さなペパーミント・チョコレートがサービスされていた。フィレンツェでずっと、シャワーだけで過ごした私は、薄緑色の大理石でできた大きなバスタブに狂喜した。

お湯はたっぷりと出た。湯舟に寝そべり、ゆっくり手足をのばすと、十日ぶりの風呂は、体の芯《しん》までとろけるようだった。石鹸《せっけん》もシャンプーもいい匂いだった。軽石まで用意してあった。バスタオルは大判で、気持ち良かった。ふかふかの温かいベッドに埋まり、私は泥のように眠った。

黄金の川

気がつくと、闇の中に、窓の鎧戸《よろいど》の桟《さん》の隙間だけがうっすらと明るく見えた。ベッドを降り、手さぐりで鎧戸を押し開いた。私は思わず嘆声を上げた。

群青の空と朝日を浴びた黄金色の街路樹……。その空の群青色は、あのラピスラズリの青だった。そして、黄金の街路樹は、手で触れたものが何でも金に変わってしまうというギリシャ神話のミダス王の伝説を思い出させた。

私は地図を片手に街に飛び出した。ポルトの街には、フィレンツェのような手掛かりは何もなかった。ただ、清水さんから「デジデリオはポルトで生まれた」と聞いた、その街を一目見ておきたかったのだ。

ポルトは坂の街だった。胸突くような急坂の両側に、古いアパートが、林立している。アパートの古壁は、黄色、ピンク、青などに色塗り化粧され、「アズレージョ」という絵タイルが嵌め込まれている。老朽化したバルコニーに、華やかなアラベスク模様の手すりが並んでいた。

私は、要塞のように丘の頂上にそびえるポルト大聖堂へと向かって、長い長い坂道をゆっくりと上り始めた。坂の途中に、朝市のテントがひしめいていた。中国の壺。コーヒー茶碗。青菜。タマネギ。まだウロコの濡れているヒラメ、タコ、鰺《あじ》。薔薇《ばら》の花束。カーネーション。エプロンをかけたおばさんの太い腕で、鶏が首をひねられ、羽根をバタつかせている。

丘の頂上に辿《たど》り着くと、耳元で、冷たい風がヒュウと鳴った。そして、壮絶な景観が私の足元に広がっていた。

建物が傾斜地にしがみつき、谷底でひしめき合い、起伏の激しい地形に鈴なりに密集していた。それは海の岩に群生したフジツボのように見えた。ところどころに教会の石の尖塔がそびえている。ポルトガルは国民のほとんどが中世以来のカトリック教徒である。その信仰心は、北へ行くほど強いと言われている。信仰心の強い国ほど貧しく、貧しい国ほどなぜか景色は美しい。

丘陵の向こうに、ドゥーロ川の輝く川面が見えた。ポルトガル語で「黄金の川」。川幅は多摩川の河口付近ほどもあり、西へ流れて、間もなく大西洋へ注ぎ込む。

こういう景色を、私はすでに知っていた。子供の頃、写真で見て以来、いつか行ってみたいと憧れていた、南米の港町ブエノスアイレスにそっくりだ。いや、ブエノスアイレスが、この街に似ているのだ。

ポルト大聖堂の扉の中へ入った。暗闇の中で、ミサが行われていた。神父の低い声が流れている。近づいて行くと、端の席で説教を聞いていたおばあさんが二人、頭にかぶったレースの陰から、非難するような鋭い目つきでこちらをにらんだ。

蠟燭《ろうそく》の光に浮かび上がった祭壇のマリア像は、極彩色に塗られていて、骨董品屋で見るうらぶれた人形のように気味悪かった。

ポルトガルは、何もかもが濃い色をしている。

大聖堂の前の急な石段を下りた。一帯は、スラム化した旧市街地だった。曲がりくねった細い路地の両側に、段々畑のように崩れかけた白壁の家がひしめいて、窓には洗濯物がぶらさがり、老人たちが石段に腰を下ろしていた。

坂道を下りてドゥーロ川の岸に出た。光る川面に、観光船やモーターボートが往来している。その川をドン・ルイス一世橋という大鉄橋が跨《また》いで、ポートワインの大貯蔵庫のある対岸のヴィラ・ノヴァ・デ・ガイア地区とつないでいる。

岸辺には、日用雑貨品や魚の市場、レストランが立ち並び、買い物客で賑《にぎ》わっていた。犬猫がうろついて、あちこちで地面に落ちた魚を食っている。私は、川風の吹き抜ける広場のカフェの椅子に腰を下ろした。

その時だ。足元にサッカーボールがころがり込んできた。遠くでボールを蹴り合っていた男の子の一団が、

「オーリャ！」

「オラー！　オラー！」

と、はやしながら、ボールを追ってこっちへ走って来た。年の頃は小学校の高学年。色とりどりのセーターを着て、白桃のような肌をピンク色に上気させている。

「ボンジア！（こんにちは！）」

と、声をかけると、男の子たちは遠巻きに集まり、まぶしそうな目つきをして、互いに顔を見合わせた。最近は日本の田舎でも見なくなった、外国人を前にした、子供らしい戸惑いと、はにかみの表情だった。

「デジデリオはポルトで生まれた」

と、清水さんは言った。

「大人に手を引かれてポルトの教会に行き、木でできたアーチ型の梁《はり》の下にひざまずいて、頭に白いマフラーのような布をかけてもらった。布の陰に、栗色の巻き毛と女の子のような横顔が見え隠れしている」

と。

ポルトのサッカー少年たちは、カメラを向けると、少しずつ笑顔を作って、私の前で肩を組んでポーズした。私は、

「カルロス？　フェルナンド？　アントニオ？　ホセ？」

と、思いつく限りの男名前を呼んでみた。彼らは、顔を見合わせ、ナウン、ナウン、と首を横にふった。さらに、

「ペドロ？　セバスチャン？　ミゲール？」

と呼ぶと、茶色い髪をぺったりと七・三に撫《な》でつけ、ボールを小脇に抱えた、やや年長らしい男の子が、

「ミゲール」

と、黄色いセーターの胸に手を当てた。他の子も次々に、「セルジオ」とか「マヌエル」と名乗った。

私は、

「デジデリオ?」

と呼んでみた。子供たちは、またナウン、ナウン、と首を横にふった。

ホテルへ戻ると、フロントのマネージャーの背広の胸に「フランシスコ」という名札が付いていた。鍵を受け取りながら、英語で、

「フランシスコという名前はポルトガルには多いんですか?」

と、水を向けた。

「ええ、とてもポピュラーな男の名前です」

笑顔と一緒に、ちょっとたどたどしくて律儀な英語が返ってきた。

「『デジデリオ』という名前、聞いたことありますか?」

フランシスコは、あの子供たちと同じように、やはり首を横にふった。

「男の名前ですが……、とても珍しい名前ですね」

私は、部屋に入ると、ベッドのサイドテーブルの下を見た。そこに、ポルト市内の電話帳があった。人口三十五万人、ポルトガル第二の都市だというのに、電話帳は厚さ二センチほどの薄いものだった。

地区ごとに分かれているリストを調べた。「デジデリオ」が市内に四人いた。あるデジデリオは仕立て屋を経営していて、ズボンや背広の広告を出していた。

(ポルトにデジデリオがいる……)

なぜか温かな気持ちになって、私は電話帳の文字を見つめた。


サン・フランシスコ教会へ行ったのは、翌日のことだった。サン・フランシスコ教会は、ドゥーロ川の船着き場を見下ろす傾斜地の、エンリケ航海王子広場に面していた。

もしもデジデリオが本当にこの街で生まれたのだとしたら、幼い頃、親に手を引かれて教会へ行ったはずだった。デジデリオが誕生した一四三〇年当時からポルトにあった教会は、十二、三世紀に建築された、昨日のポルト大聖堂と、そして、一四一〇年に完成したこのサン・フランシスコ教会である。

サン・フランシスコ教会の扉を開けた時、私は絢爛《けんらん》豪華な仏壇の中に入っていくような気がした。壁面、柱、祭壇、円蓋に到るまで、びっしりと彫刻で埋めつくした内部装飾は、バロック趣味の極致だった。

列柱の間を歩いていると、巨大な洞窟の天井から、溶解して垂れ下がってきた鍾乳《しょうにゅう》石《せき》の柱の間をさまよっているようだった。花、蔦《つた》、天使、鳥などの彫刻で埋め尽くされた壁面のバロック彫刻も、溶岩石のように不気味に垂れ、滴《したた》っているように見えた。奇岩に見つめられているような不気味さに身の毛がよだつのを感じた。豪華も極まると、怪奇趣味だった。私はくるりと踵《くびす》を返して、中央通路を出口へと逃げた。

扉が開いて日本人の団体客がぞろぞろと入ってきたのは、その時だった。一行は、ガイドの説明を聞きながら、ゆっくりと通路をこちらへ向かって移動してきた。

団体とすれちがった時、その言葉が耳にとびこんできた。

「ちょっと、この部分をご覧ください。一見、石のように見えますが、石ではなく、木でできています」

私は思わず振り返った。

黒革のコートを着た女性ガイドが、ゆるやかなアーチ型の、黄土色がかった低い梁を触っていた。

(木でできた梁……?)

ある言葉が蘇った。

「デジデリオは大人に手を引かれて教会へ行き、木でできた梁の下にひざまずいた」

と……。

のちに調べたところ、サン・フランシスコ教会の「木でできた梁」は、十七、八世紀に大流行した「ターリアドゥラータ(金泥塗り)」という、木彫に金を塗る技法で、この教会の内部はその時代に改修されていたことがわかった。では、「金泥塗り」で改修される以前は、どうだったのか？　残念ながら日本で記録は見つからない。けれど、一四一〇年に建築された当時も、木でできていたとすると……。

私は教会の扉を押し開けて、外に出た。冷たい風に髪が舞い上がった。ドゥーロ川の川面が銀の鱗《うろこ》のように照り返して眩《まぶ》しい。その光の中を、船着き場に向かって遊覧船がゆっくりと近づいてくるのが見えた。

「その教会でデジデリオは、洗礼か、いやそうでなく多分、旅の無事を祈った。それから、手を引かれて、船に乗った」

では、デジデリオはこの船着き場から船に乗ったのだろうか？　ひざまずいて旅の無事を祈ったのは、この教会だったのだろうか？　彼は、フィレンツェのセッティニャーノ村ではなく、本当にポルトで生まれたのだろうか？

気持ちが急《せ》くように、頭の中に疑問が殺到した。

早く答えが知りたい。どこかに、この疑問に答えてくれる人はいないだろうか。ポルトガルの歴史と、イタリア・ルネサンス彫刻の両方を知る研究家は……。

私は、そういう人物に心当たりがあった。それは、フィレンツェのサン・ミニアート・アル・モンテ聖堂のアゴスティーノ神父からコピーさせてもらった本、「フィレンツェのポルトガル枢機卿礼拝堂の芸術」の著者、M・アタナジオ教授である。

教授は、リスボンにいる……。

7　リスボンへ

答えを求めて

翌日、私は予定を一日早めて、リスボンへ出発した。リスボンへ向かう長距離列車の発着駅はカンパーニャ。ポルトの中心街から車で東へ五分ほど離れた駅である。

午後二時三十分発「特急リスボン行き」の乗客は、一両にわずか四人だった。リスボンまで三時間二十分。電車は、定刻通りにカンパーニャ駅を離れた。窓越しに頬杖を突いて、アズレージョという青い絵タイルを壁に貼った長閑《のどか》なホームがゆっくりと過ぎて行くのを見送った。線路脇に赤いカンナの花が咲いている……と思う間に、電車はトンネルに入った。そして、そのトンネルを抜けた瞬間、私は立ち上がって、窓ガラスに両手を突いた。

目の前に、ポルトの大パノラマが広がっていた。電車はドゥーロ川の対岸、ヴィラ・ノヴァ・デ・ガイアの山の上を走っていた。そこからポルトを見下ろすことができるのだ。午後の光を浴びてポルトは金色に燃えていた。ドゥーロ川は、文字通りの「黄金の川」だった。ポルトは、尾根と尾根の間に、二度、三度とフラッシュのように黄金郷エル・ドラドのような姿を見せ、最後には名残りを惜しむかのように、街全体の姿を数十秒間たっぷりと見せてから完全に消えた。

血赤色の夕焼け、ラピスラズリのような群青色の空、黄金の街、黄金の川……。ポルトは、最初から最後まで、濃厚な天然色の印象を私の心に焼きつけて、視界から去った。

同時に、幕が切って落とされたように、反対側の車窓に、大西洋が現れた。

電車は一時間後にコインブラを通り、夕方六時、首都リスボンに着いた。中心部へ向かうバスは、すさまじい混雑だった。広場にも車道にも人が溢《あふ》れ、バスは漂流した船のように人波の中で渋滞した。

ホテル「ディプロマティコ」は、リベルダーデ大通りの坂道を上ったエドゥアルド七世公園の近くにあった。

翌日、私はホテルの部屋の電話で、アタナジオ教授に電話をかけた。電話番号も住所も、アゴスティーノ神父への献本の中扉の自筆サインと一緒にコピーしてあった。

受話器の奥で、無機的な呼び出し音が鳴った。一回、二回、三回めが鳴り終わったところで、

「アロー」

と、女性の声がした。教授の奥さんだと直感した。私はまず英語で、ポルトガル語を話

せないことを詫びた。

「わかりました。どうぞ、英語でお話しください」

その落ちついた口調で、五十歳くらいの、知的な女性の姿が目に浮かんだ。

私は稚拙《ちせつ》な英語で説明した。イタリア・ルネサンスの彫刻家について調べるために日本からフィレンツェへ行き、その帰りにポルトガルへ来たこと。フィレンツェでアタナジオ教授の著書を見つけたこと。教授に是非ともたずねたいことがあってリスボンへ来たこと。

ところが、聞き終わると、夫人は、

「I am very very sorry」

と、言った。

「My husband suddenly died 2years ago (主人は、二年前、急に亡くなったんです)」

「Died?」

「死んだ」という言葉が、川の流れの中で毅然《きぜん》と動かない岩のように、耳の底に残った。

「元気でいたら、きっとあなたの大きな力になったと思います。彼の死は本当に大きな損失でした」

奥さんはいたわるような声で、自分自身と私を一緒に包み込むように言った。

私は受話器を置いてから、ベッドの上に出しておいたポルトガル語のコピーの束に目をやった。教授が、アゴスティーノ神父に宛てたサインの下に、「一九八九年」の日付が躍っている。亡くなる二年前のものだ。疑問に答えてくれたかもしれない人は、もういなくなっていた。あとには、本のコピーだけが残された。

二日後、私はリスボンを発《た》ち、日本への帰路についた。

第三章　迷宮デジデリオ

1　謎解き

「ルビー」は誰？

日本に帰るとすぐ、取材や原稿の締め切りに追いたてられる日常が戻ってきた。

けれど、前世を追う旅の終着点は、まだ見えなかった。

二週間の旅で、清水さんが語ったことのいくつかは事実であることがわかったが、それは話の全体像から見れば「部分」であって、核心はまだ霧の中だった。

デジデリオが石工バルトロメオの子として公文書に初めて記載されたのが、二十一歳に成長してからだったことや、兄弟の中で末っ子のデジデリオの作品だけが残って、兄たちの作品が残らなかったことは、

「デジデリオは石工の実子ではなく、ある日、突然現れた預かり子だった」

という話と辻褄《つじつま》が合っている。サン・ミニアート・アル・モンテ聖堂に墓碑のある「ポルトガル枢機卿」が、ポルトガル王族の出身者だったことも、彼女の話と一致している。

ポッジョ・ア・カイアーノのメディチ荘の内部や、ミケランジェロの描いた「馬の絵のそ

ばの顔」も、実際にこの目で見た。

それらは清水さんのしゃべっていることが妄想ではないという証にはなる。しかし、

「デジデリオはポルトガルの私生児だった」

「デジデリオには貴族の愛人がいた」

という、この物語の二つの大筋が本当かどうかを見極める決め手にはならない。

それを見極める鍵は二つある。それは、
①「美術史上、アントニオ・ロッセリーノの作品とされている『ポルトガル枢機卿の墓碑』が、デジデリオの作品だった可能性はあるのか？」
そして、
②「『ルビー』とは誰か？　その男は実在したのか？」
という二点である。


ポルトガル語のコピー資料は、翻訳してくれる人が見つかるまで、しばらく本棚の上で眠ることになった。私は、仕事の合間をぬって、二つめの鍵である「ルビー」の名前探しを再開した。

ラウレンツィアーナ図書館の利用者リストの中に「ルビー」はいなかった。私はまた、書店と図書館を歩き始めた。私の部屋には、四十数冊のルネサンス関係の本と、イタリアから持ち帰った十冊の原書、パンフレット、地図、コピーなどが積み重なっていた。

ところで、当時の芸術家たちの名前を調べていくと、その多くが、実は、本名ではなく、ニックネームや通称だったことがわかる。たとえば、「ヴィーナスの誕生」で有名な画家は、大酒飲みで樽《たる》のように太っていた兄のニックネームから「ボッティチェッリ（小さな樽）」の名で愛され、「受胎告知」を描いた画僧は、死後「天使のような画僧」だったという意味を込めて、「フラ・アンジェリコ」という名を贈られた。レオナルド・ダ・ヴィンチの師匠だった芸術家は、鋭い写実的観察眼に敬意を込めて当時の人々から「ヴェロッキオ（炯眼《けいがん》の人）」と呼ばれていた。

しかし、愛称というのは、通称とも違う、親しい仲間うちや家族の間での呼び方である。たとえば「ロレンツォ・ギベルティ」は「ネンチ」、「フィリッポ・ブルネレスキ」は「ピッポ」と仲間から呼ばれた。

私は、短縮した時、一般的に「ルビー」か「ロビー」、あるいは「クレオ」と呼ばれる可能性のある名前を探した。サッカー選手のロベルト・バッジョを仲間が「ロビー」と呼んでいると知り、「ロベルト」という名前をルネサンス関係の本の中からさらった。たった一人「ロベルト・ディ・ロッシ」という人文学者がいたが、ロッシはデジデリオが生まれる前に死んでいる。

清水さんの語る「ルビー」は、裕福な貴族で、博識で、著作家としても一世を風靡した時代の寵児《ちようじ》だったという。ならば、歴史に名前が登場して来ないはずはない。

私は、その人物の名前を、幾度も目にしていながら、そのたびに見逃しているような気がしてならなかった。「灯台下暗し」ではなかったか……。

そう考えながら改めて本をめくると、誰もが「ルビー」に見え、また誰もがそうでないようにも思えた。そうなると、そもそも最初から、そんな男は存在しなかったのではないかと、土台からグラついてくる。

「ルビー」探しは暗礁に乗り上げていた。それでいてきっぱりと諦めることもできず、あてもなく本をめくる日々が続いた。

十一月も終わりのある日、私は居間で、寝転がりながら「ルネサンスの歴史 上巻」をめくっていた。

あちこちに、赤鉛筆で線が引いてあった。読むたびに、登場する人名をチェックして引いた線だ。

「レオン・バッティスタ・アルベルティ」

という名前をなぞって目が留まった。何度も目にした名前だった。アルベルティは、プラトン・アカデミーの一員というのとは、全く違っていた。彼は思想家であり、哲学者であり、ルネサンスの新しい芸術運動を理論的にバックアップした時代のオピニオン・リーダーである。分野を越えて強い影響をおよぼした黒幕的存在なので、最初から「ルビー」探しの範疇《はんちゅう》の外にいた。

「レオン・バッティスタ・アルベルティ」は、しばしば「L・B・アルベルティ」と、イニシャルで書かれた。

「L・B《エッレ・ビー》……」

私はイニシャルだけを心の中で声にして読んでみた。

「エッレ・ビー」「エル・ビー」「ルビー」「ロビー」

そして身を起こした。座り直して、赤線を引いた部分を改めて読んでみた。

「レオン・バッティスタ・アルベルティはイタリア最初の美術評論家である」

という文章で始まっていた。

「アルベルティはフィレンツェ亡命者の子として生まれた。かれもまた長身頑健の美男子で、古典の造詣深く、数学、天文学、音楽をよくし、馬術と弓術の名手でもあった。コジモに招かれて父の故国に帰り、博識奔放、機智と情熱に充ちた話術でフィレンツェのサロンを魅了した。貴婦人たちは競ってかれに言い寄り、かれも彼女らの愛を粋に受けこなしたが、そのあとでは友人たちとさんざん彼女らを嘲笑するのが常だった。女嫌いではなかったが、閨房の快楽より精神の快楽の方がなおよかったのである。毛皮にくるまり、蠟燭の燈で、アリストテレスやルクレティウスに読み耽って夜を過すことが多かった」

「長身頑健の美男子」

「古典の造詣深く、数学、天文学、音楽をよくし」

「貴婦人たちは競ってかれに言い寄り」

それらは、「ルビー」に似ていた。

競って言い寄る貴婦人たちを、恋のゲームであしらって、後で仲間たちと嘲笑したというのは、男同士の愛こそ最も高貴なものだと考えていたプラトン・アカデミーのインテリたちに共通していた。

その先へ目を走らせた。

「かれが名声を得たのは建築の分野である。（中略）ヴァザーリはその著『美術家列伝』の中で、レオン・バッティスタ・アルベルティをこの時代最高の建築家の一人と讃《たた》えた……」

アルベルティは、ヴァザーリの列伝にも出てくるのか……。

私は、仕事部屋の山積みの本の中から「ルネサンス彫刻家建築家列伝」を引き抜き、目次をめくって、アルベルティの章を開いた。

首の逞《たくま》しい、野性的な顔立ちの肖像画が現れた。私は、本文と注釈をむさぼるように読み、さらに他の文献からもアルベルティの伝記を拾い集めた。

レオン・バッティスタ・アルベルティは、一四〇四年生まれで、一四七二年に死去。アルベルティ家は十二世紀から記録に残るフィレンツェで最も有力な貴族の家系であった。しかし、十四世紀の終わりに対立する勢力にフィレンツェを追放される。レオン・バッティスタ・アルベルティは、父ロレンツォ・アルベルティの二男として亡命先のジェノヴァで生まれた。母親はボローニャの未亡人で、ロレンツォと結婚しないまま二人の男の子をもうけ、まだ子供が幼いうちにペストで亡くなった。父親は後に別の女性と正式に結婚しため、アルベルティ兄弟は、結局、妾腹《しょうふく》の子に他ならなかった。

アルベルティはボローニャ大学を卒業し、二十八歳から六十歳まで、法王庁の書記官を務めた。三十歳の時には追放令も解け、法王エウゲニウス四世に付き従って共にフィレンツェに滞在した。その頃、ブルネレスキなどの芸術家やマルシリオ・フィチーノ、クリストフォロ・ランディーノなどの学者たちと親交を持った。

彼は語学、古典、数学、劇作、詩、倫理、教育、建築、絵画、彫刻、音楽、スポーツと、何にでも優れたルネサンスの最初の「万能の天才」だった。フィレンツェのサンタ・マリア・ノヴェッラ教会の総大理石のファサードと、ルッチェライ宮殿はアルベルティ設計の代表作である。


つまり、アルベルティは、フィレンツェで最も有力な貴族の妾腹の子で、すべての分野に秀でた万能の天才だった。

デジデリオの死の一四六四年当時、アルベルティは六十歳。そして、デジデリオの死の八年後に亡くなっている。二人の二十六という年齢の開きは、ちょうど、三十八歳のレオナルド・ダ・ヴィンチが十歳の美少年サライを愛したのと近い組み合わせであり、ソクラテスと美青年アルキビアデスのような「理想の関係」を想像させる。

私は、仕事部屋に積んである本を端からめくり、アルベルティとプラトン・アカデミーの関わりを探した。すると、クリストファー・ヒッバート著の「メディチ家　その勃興と没落」の中に、一四六八年に、四日間にわたって、ロレンツォとジュリアーノ・デ・メディチによってプラトン・アカデミーの会が開かれたというくだりがあり、その出席者の中に、「レオン・バッティスタ・アルベルティ」の名前があった。また藤沢道郎著「物語イタリアの歴史」の中では、「メディチ家サロンの常連の一人」として、アルベルティの名が挙がっているのを見つけた。

「ルネサンス精神の深層　フィチーノと芸術」という本の中には、

「当時すでに成功した知の王者だったアルベルティが、新しいプラトン主義的人文主義を提唱した」

「われらのレオン（アルベルティ）のごとく、プラトン主義の秘奥に参入したものが他に存在したであろうか」

とあった。つまり、アルベルティは当時の革新運動を提唱し、プラトン・アカデミーのサロンにも常連として出入りしていたのである。

アルベルティは、「ルビー」の必要条件を満たしているように思える。しかし、そう確信するには、決定的な何かが足りない気がした。それだけですぐに、「ルビー」という人物をアルベルティだと決めつけてしまうことには、どこか踏み切れなかった。私は自分が「ルビー」探しに疲れて、いつの間にか清水さんの言葉を裏付けるデータだけを誘導的に寄せ集めてはいないかと不安だった。

そんなある日、清水さんの書き散らしたメモの中に、次のような人物名が並んでいるのが目に留まった。

「Filippo　Brunelleschi」「Donatello」「Lorenzo　Ghiberti」「マザッチオ」「1401〜?」

(「1401」という年号は、調べたところ、マザッチオの生まれた年であることがわかった)

なぜ、そこにこうした名前が並んでいるのか、書いた本人にたずねても、

「見えるもの、書いてるだけやし、わからない」

と首を横に振るばかりで、ずっと意味がわからないままになっていたのだ。

その十二月初め、書店に注文していたアルベルティの著書「絵画論」が手に入った。その最初のページに、建築家ブルネレスキに宛てた「序詞」が載っていた。

そこにこう書いてあった。

「長い亡命生活からフィレンツェに帰還して以来、僕は数多くの人々の中で、誰よりもまず、君フィリッポ(ブルネレスキ)のうちに、またわれわれの親友である彫刻家ドナート(ドナテッロ)、そのほかネンチ(ロレンツォ・ギベルティの愛称)や、ルカ(デラ・ロッビア)やマザッチオのうちに、あらゆる賞讃に値する天分が存在していることに気付いたのです」

「……あっ!」

メモの人名は、アルベルティの著書の「序詞」を、彼の交遊関係を示していた。

私の中で、パズルのパーツが、パチリとはまった。

「ルビー」は、レオン・バッティスタ・アルベルティだ！


しかし、ここに新たな三つの矛盾が生じた。
①最初の疑問は、ラウレンツィアーナ図書館との「関係」である。
「ルビーは、ラウレンツィアーナ図書館に関係がある」

というが、ラウレンツィアーナ図書館の工事が着工したのは、アルベルティが他界した（一四七二年）後の一五二六年だから、彼があの図書館に出入りしたことはなかったのだ。

そこで私はフィレンツェの西山さんを通じて、ラウレンツィアーナ図書館長のアンジェラ・ディロン・ブッシ女史に、ミケランジェロ設計による図書館ができる以前、あの場所には何があったのかたずねてみた。ブッシ女史からは、

「サン・ロレンツォ聖堂の二階吹き抜け部分にミケランジェロ設計の図書館が建てられる以前、あそこには聖堂付属の回廊があるだけでした」

という答えが返ってきた。

ならば、アルベルティとあの図書館には、どういう「関係」があったのだろう。
②「ルビーはポッジォ・ア・カイアーノのメディチ荘とも関係がある」
というが、メディチ荘の完成は一四八五年なので、やはりあの広間の中心に、アルベルティが立つことはなかった。

③『馬の絵のそばの顔』は、ミケランジェロがルビーをモデルに描いた」という点についても、ミケランジェロは、一四七五年生まれであるから、一四七二年に死んだアルベルティを見たことはない。

この三つの時代的な矛盾を考える時、私は清水さんの頭の中で、アルベルティと、もう一人別の誰かが混ざっているように思えてならない。

もう一人別の男……。そう。デジデリオには他にも親しい男がいたのかもしれない。「ルビー」（または「ロビー」）と、「クレオ」は、同一人物ではなく、実は別々の二人の人間なのではないか？ では、「ラウレンツィアーナ図書館」「ポッジォ・ア・カイアーノ」「馬の絵のそばの顔」の三つ共に関係があって「クレオ」という愛称で呼ばれた人物は誰か？

この疑問は、いまだに未解決のまま、私の中に残っている。

二人の接点

こうした疑問が残っているにせよ、一人の男は、レオン・バッティスタ・アルベルティだと思われた。

では、アルベルティがデジデリオと関わりを持った可能性はあるだろうか。

実は、アルベルティとデジデリオには、共通した人間関係があった。ベルナルド・ロッセリーノである。

ベルナルドは、何度も紹介した通り、デジデリオの親友アントニオ・ロッセリーノの兄である。二十一歳年上の先輩彫刻家で、デジデリオが出世作「カルロ・マルズッピーニの墓碑」を制作する時も、ベルナルドの作品「レオナルド・ブルーニの墓碑」をモデルにした。ベルナルドとデジデリオの作品は、一対になって、サンタ・クローチェ教会に向き合って置かれている。

そのベルナルドは、何と、アルベルティの長年の協力者だったのだ。アルベルティが法王ニコラウス五世の建築事業の顧問をしていた時、それに協力して施工を担当していたのがベルナルドだったのである。

さらに、デジデリオが、アルベルティを取り巻く一派に愛された彫刻家の一人だったことを、はっきりと示す文章がある。これもすでに触れたが、ラテン語学者クリストフォロ・ランディーノが、

「デジデリオは偉大で繊細、美しくやさしさに満ちていた。彼は作品において完成を求めた。もし夭折しなかったならば、彼はこの完璧さをもって、いかなる芸術家をも凌駕し、最高の完成度に達したであろう」

と、書いている。ランディーノは、プラトン・アカデミーの常連であり、アルベルティの長年の親友であり信奉者であった。

つまり、アルベルティとデジデリオは、ベルナルド・ロッセリーノ、クリストフォロ・ランディーノという共通の人間関係で結ばれていて、共にプラトン・アカデミーというサ

ロンに関わっていた。

二人が知り合うのは、自然の流れだったろう。

私はアルベルティがフィレンツェにいた年代を調べた。ジェノヴァで生まれ、ローマで死んだアルベルティは、六十八年の生涯の間に、はっきりわかっているだけでも、四度、フィレンツェに滞在している。

最初はまだ逃亡中の二十四歳の時（一四二八年）。次は、追放も解け、法王の付き添いとして滞在した三十歳から三十二歳にかけての三年間（一四三四年から三六年）。この間に彼はブルネレスキに序詞を捧げた「絵画論」を書き上げた。三度目は三十五歳から三十八歳までの四年間（一四三九年から四二年）。そして、四度目が五十五歳の時（一四五九年）である。そしてこれ以外にも、ルッチェライ宮殿、サンタ・マリア・ノヴェッラ教会のファサードの設計の時、さらに記録に残っていないフィレンツェ滞在も数多くあるという。

では、アルベルティとデジデリオが出会ったのは、いつだろう。どんなに早くとも三度目の滞在以後。おそらくは、デジデリオが「カルロ・マルズッピーニの墓碑」という大仕事を射止めて、脚光を浴び始めた一四五三年ころ……。それは、こんな風だったのかもしれない。

ある日、職人街プロコンソロ通りにあるベルナルド・ロッセリーノの工房の前に、見事な鞍《くら》をつけた馬が止まった。徒弟の少年が走って、ベルナルド親方に来客を伝えた。ベルナルドが振り返ると、石の破片と塵《ちり》で灰色を帯びた工房の入口に、威風堂々とした背の高い人物が立っている。年の頃は五十少し前。足元まで隠れる黒ビロードのマントをまとい、揃いの黒ビロードのかぶりものの長い垂れ布を、顔のまわりにゆったりと回して、がっしりとした肩越しに後ろへ流している。指輪をはめた大きな手がその垂れ布を解くと、金色の髪と、深いブルーの瞳が現れた。

「おぉ！　これは、アルベルティ先生！」

「マエストロ！」

黒衣の客人は、おおらかに白い歯を見せ、両の手を広げた。二人は再会の喜びを分かち合い、がっしりと肩を抱きあい、そして、一年前ついに完成してフィレンツェの人々を驚嘆させた大彫刻家ギベルティの「天国の門」の評判、あちこちで連日のように催される屋敷の落成式の噂や、メディチの老コジモがカレッジの別荘に集めた若い詩人や学者の話題に花を咲かせた。

「ところで、君のサンタ・クローチェの『レオナルド・ブルーニの墓』の大評判で、今やフィレンツェ中の貴族や名士が、こぞって自分の威光を墓に彫りたがっているそうじゃないか」

それを聞いて、ベルナルドが、

「はい、それはありがたいのですが、評判の画家や彫り師となると、貴族のご当主方が抱え込もうとなさいます。……ところで、アルベルティ先生。デジデリオという若い彫り師をご存じですか」

「いや……」

「今年、組合に入ったばかりですが、さっそく書記官長マルズッピーニ殿の墓碑という大仕事の注文をいただいて、評判になっております」

「ほう」

ベルナルドは、デジデリオの制作現場へ客人を導いた。カラーラ産の白大理石の石材、マントルピース、婦人像、聖人像、家紋、そして布をかぶせられた完成作品の白い林の中で、カチン、カチン、カチンと、冷たい鑿《のみ》打ちの音が響いていた。一目で身分が高いとわかる来客の姿に、助手らしい少年が、黙ってその場を去った。壁には、二人の天使に守られた墓碑の美しいデッサンが張られている。

工房の一番奥、天井の高い空間で、灰色のタイツにブラウスを着た若者が一人、片膝を突いて、作業台の上の埋葬像に一心不乱に鑿を打っていた。彼は来客にも気づかなかった。長い絹の衣装をまとい、胸元に自分の著書を抱いた姿で横たわっている人物の粗彫りした埋葬像に、部分的に仕上げの手が入り始めていた。固い石を打つというより、何か、それと対話しているようだった。

「見てください。ああやって、雷が落ちようと、洪水が来ようと、石の前から離れない気でしょうかね。……おい、デジデリオ!」

振り向いた若い彫り師は、一瞬、放心から目覚めたような表情をした。広い額にかかった波うつ栗色の髪を、払いのけると、官能的な明るい目の奥に、一瞬、この見知らぬ黒衣の客人は誰だろうという戸惑いの色を浮かべたが、

「アルベルティ先生が、ご覧になりたいそうだ」

と、聞いてピタリと鑿の手を止め、礼儀正しく会釈した。少年時代、華奢だった彼の肉体は、一見ほっそりと見えるが、日々の仕事によってたくましく鍛えられていた。

アルベルティは埋葬像を眺め、その手に引きつけられた。本の上で重ねた手が不気味なほど、柔らかく、内側から輝いている。デジデリオは他の作業台の上の布をはぎ取った。楯を持った子供の天使が小首を傾げて現れた。肌に子供のぬくもりが感じられる。画家が絵筆で表現する微妙なニュアンスを、この若い彫り師は鑿で自由に描いていた。

「お若いマエストロ、君はさっき石と話でもしていたように見えたが」

「いえ、話していたのではありません。石の中から、命のようなものが顔を出すことがあるのです」

彼の体のまわりには熱気がみなぎっているが、言葉を発しようとする刹那《せつな》、目の奥に涼しい色が走る。アルベルティはその色を見つめた。

「ほう、どんな顔だね」

「その時によって、さまざまでございます。でも、それはうつろいやすくて、急いですくってやらねば沈んでしまいます。沈まぬうちにすくえば、石はチーズのように柔らかいも

のです」

「チーズのように柔らかい石か」

ベルナルド親方は、首をすくめて笑い、アルベルティは瞳に深いブルーを浮かべてデジデリオを見つめた。


アルベルティはサンタ・マリア・ノヴェッラ教会のファサードを設計する時、サン・ミニアート・アル・モンテ聖堂に足しげく通い、そのファサードをじっくり研究して参考にしたという。そのサン・ミニアート・アル・モンテ聖堂には「ポルトガル枢機卿の墓碑」がある。そしてアルベルティが設計したサンタ・マリア・ノヴェッラ教会には、デジデリオがアントニオと共同制作した説教壇がある。なぜか、二人の足跡は重なる。

それでなくとも、フィレンツェ旧市街は、わずか二キロ四方。シニョーリア広場で、メディチ宮の回廊で、サンタ・トリニタ橋のたもとで……二人が出会う可能性は限りなくあったであろう。

デジデリオとアルベルティが特別の間柄だったことを匂わせる記録は、ない。デジデリオが贈ったというラピスラズリのベルトも、まだ見つかっていない。けれど、同性愛的雰囲気を持ったプラトン・アカデミーのサロンで、デジデリオがことのほか寵愛された彫刻家だったことは、資料が語っている。そして、今に残る作品を見ても、彼が繊細さと優美を身上とした芸術家だったことがわかる。

花のデジデリオ

私は、フィレンツェのバルジェッロ博物館の広間に展示されたデジデリオの作品「少年の洗礼者ヨハネ像」や「マリエッタ・ストロッツィの胸像」「聖母子のレリーフ」を前に、西山さんと、

「ねぇ、デジデリオって、どんな男だったと思う?」

と、しみじみ話し合ったことを思い出す。その時、彼はこう語った。

「芸術の世界では、華奢な男がダイナミックな作品を作ったり、ごっつい男が線の細い作品を作ったり、作品の印象と作者の印象というものは、必ずしも一致しません。でも中には、繊細な作品を作る繊細な男というのもいるんです。ラファエロみたいにね……。僕は、デジデリオは、そういうタイプの男やったと思います」

私も全く同感だった。

その「繊細な作品を作る繊細な男」が、放埒《ほうらつ》な人生を送ることもある。ラファエロがそうだった。清楚な聖母を描き、優雅でおとなしげな美青年として知られる彼は、実は希代《きたい》の漁色家だった。彼は溢れるばかりの画才がある上に物腰やわらかだったので好感を持たれ、バチカンの法王からわが子のようにかわいがられた。野心家の青年は贅沢を愛し、王侯のように暮らした。次々に女と関係を持ち、制作中にさえ傍《かたわ》らに女を置いた。シエナの銀行家の別荘に壁画を描いていた時は、愛人をその別荘に住まわせたという。ラファエロが三十七歳で夭折《ようせつ》した時、葬儀には彼が生前愛した女たちが列をなし

た。後に「巨匠」「万能の天才」と評価されたのは、ミケランジェロとレオナルドだったが、ルネサンスという時代に愛され、最も華麗な生涯を送ったのはラファエロだった。ルネサンスとは、そういう異教的できわめて人間くさい時代だった。それが、イタリアなのだ。

デジデリオの人生も、女性的でかわいらしく楚々とした作品からは思いもよらない享楽的なものだったように思えてならない。男にも女にも等しく「美」を求め、同等に称賛した時代、「麗《うるわ》しのかくも甘美に美しきデジデリオ」と謳われた男は、時代の寵児として、地上の快楽を貪《むさぼ》って生きたはずだ。

「花のデジデリオ」

私は、あの時代の熱気と享楽の中に、そんな呼び名が聞こえる気がする。

彼の明るく野心的な瞳は、見事な壁画、洗練された工芸品や精緻な装飾品を見るとき、ひときわ美しさを増したことだろう。彼はそれらを初めから自分の中にあったかのように吸収し、何の苦もなく、のびやかに自分の創造に転化させていった。熱気に満ちた、なりふり構わぬ仕事への没入が始まると、もはや大理石の中から彼に彫り出してもらうのを待っている美の化身しか見えない。そんな時、彼の身体は恍惚とした喜びに輝いている。

「その目でみつめてもらいたい」

と、女も男も言っただろう。胸像のモデルになった貴婦人が、カーテンの陰で彼の手をとり、自分の豊満な白い胸元に導く。名家の御曹司が、彼の背に美しい絹のガウンを着せかけ、首筋にそっと触れて、「そなたの素肌に着て欲しい」と囁《ささや》く。

彼は、応えたはずだ。美を愛する心には、性の境界がない。それは、少女のような顔をした華奢な少年だった時代から、彼の中にあった天性のようなものだ。胸もあらわな女と戯《たわむ》れることもある。しかし、彼にはあらゆる意味で男がつきまとった。胸を高鳴らせた若者からの憧れの視線。芸術家同士の仕事をめぐる火のような嫉妬。彼をめぐって、情欲のからんだ男同士が嫉妬の火花を散らしたかもしれない。フィレンツェの夜、男色の恋人たちは、炭火のような欲望の宿った目で語り合い、男同士相乗りした馬で、闇の中へ、蹄《ひづめ》の音だけを残して消えたという。

彼は自分の命がはかないことを感じていただろうか。果実は甘いうちに味わわなければいけないことを、当時のフィレンツェ人は知っていた。

彼は陶酔の甘さをたっぷりと心に蓄えると、工房の奥で全身に熱気を漲《みなぎ》らせ、それを自分の創造に転化したのではあるまいか。享楽の中から、あの清楚で優美な作品を……。

アルベルティとの出会いは、彼の人生をどう変えただろう。

アルベルティは、おおらかな文化人だった。知性と野性をあわせ持ち、自信家でウィットに富んでいた。彼は豪華な調度品や、上等な服、ぜいたくな食事などという現実の限られた官能よりも、文学、美術、学問という普遍的で永続する官能に、もっと強い喜びを見いだしていた。しかし、だからといって彼はこの世の快楽を蔑視したり遠ざけたりしているわけではなかった。それどころか彼は、それを愛していた。

アルベルティの中には、自分の家柄に対する強いプライドがあった。それは、生まれつきの根なし草のような亡命生活や、妾腹《しょうふく》の子という生まれに対する劣等感の裏返しであった。彼も、貴婦人たちの恋のゲームに付き合うことはあっても、女に心の底を見せることはない男だった。

では、アルベルティはどんな相手に、本当の心を許したのだろうか……。

清水さんによれば、デジデリオはポルトガルの王族が町娘に産ませた子だという。アルベルティも、貴族の庶子だった。「貴族の庶子」と「私生児」が、自分の生まれや境遇に対して抱く屈折。幼い頃、産みの母と別れた悲しみ。生まれた土地を離れて暮らす故郷喪失者としての思い。二人を結びつける共通項は多い。彼らは、相手の瞳の奥に、安住の場所を見たのではないだろうか。

まことの恋である。彼らは仲のいい「兄弟」であり、信頼しあった「師弟」であり、運命的な「情人」だった。「ルビー」は若い彫刻家の美しさと才能のすべてをいとおしみ、彼を育て、引き立て、やがては歴史に残る偉大な芸術家に育てあげるつもりだったろう。そうした善悪の彼岸《ひがん》にある愛を、当時のインテリ社会に流行していた「男の美学」が、崇高なものとして容認していた。

明かされた資料

ポルトガル語の翻訳をしてくれる人が見つかったのは、その年の暮れのことだった。尼崎市在住の会社員、赤川夏子さん。京都外国語大学在学中に、リスボン大学へ留学し、一年半前に帰国したばかりだった。

大阪駅に近いホテルのロビーで会った赤川さんは、さらさらとした素直な髪を背中まで伸ばし、細いジーパンをはいて、右の肩に小さなデイパックを掛けていた。私が、清水さんとの出会いに始まる一連のできごとを説明している間、彼女は、時おり、「ええ」と相《あい》槌《づち》を打つだけで、あとは静かに耳を傾けていた。すべて聞き終わった後で、彼女はおとなしいけれど、しっかりとした声でこう言った。

「私はもともと、ものごとはすべて科学で説明できて、人類はアメーバから進化したと考えている人間です……。それでもいいですか」

「そういう人を探してました！」

私は鞄《かばん》から「フィレンツェのポルトガル枢機卿礼拝堂の芸術」の分厚いコピーを取り出して、

「『ポルトガル枢機卿の墓碑』の制作に、デジデリオが関係していないかどうか、この本の中を探ってほしいんです」

と、頼んだ。彼女はコピーをめくって見た後で、

「ポルトガル語の勉強にもなりますし、やらせてもらいます」

と、引き受けてくれた。

明けて一九九四年三月十三日、私は同じホテルの喫茶室で、再び赤川さんに会った。彼女はポルトガル語を翻訳したノートを読み、私はそれを聞きながらメモをとった。

――フィレンツェのサン・ミニアート・アル・モンテ聖堂に葬られているポルトガル枢機卿の名はドン・ジャイメ。彼は、コインブラ公ドン・ペドロの次男「ジャイメ王子」として、一四三三年にポルトガルのコインブラで生まれた。

父のコインブラ公ドン・ペドロは、ジョアン一世の正嫡《せいちゃく》の第二王子で学問と外国旅行を好み、後年、兄ドゥアルテ王が死去すると、わずか六歳で即位した甥のドン・アフォンソの摂政として善政を行った。ところが、「摂政は王位を狙っている」との中傷に遭い、ドン・アフォンソが国王アフォンソ五世として即位した後、公職を辞してコインブラに引退した。それでも、「国王への反逆者」という汚名は晴れず、一四四九年、リスボン郊外のアルファロベイラで国王の大軍と戦ったが、矢に心臓を射抜かれて戦死した。

この戦の時、第二王子のドン・ジャイメは十五歳。父と共に戦場に出て軍を指揮していた。これが彼の初陣だった。

ドン・ジャイメが国王から反逆の罪を許されたのは、父の戦死から二年後。彼は、自由の身になると俗世を捨てて、聖職者としての道を選んだ。二十歳で法王ニコラウス五世によってリスボン教会大司教に任命され、二十三歳で枢機卿になったのである。

枢機卿となったドン・ジャイメは、一四五九年春、法王ピオ二世の十字軍の遠征に参加するためにポルトガルを出発し、ローマ、シエナを通り、フィレンツェへ入った。そこからマントヴァに向かい、法王の軍と会う予定だった。ところが、フィレンツェで胸を病み、八月二十七日、フランシスコ・デ・カンビーニという人の屋敷で亡くなった。

「えっ？『胸を病んで』って書いてあるんですか？」

私は、赤川さんに聞き返した。

「ええ、そう書いてあります。肺の病気、多分、結核でしょう」

清水さんは、

「デジデリオは結核で死んだ」

と語ったが、そうだとすると、枢機卿と同じ病気だったことになる。

当時、ヨーロッパでは暖房状態が悪いために、肺病に苦しむ患者が非常に多かった。治療も、背中に「吸玉」を当てるくらいしか方法がなく、肺病は、性病やペストと並ぶ恐ろしい病気だったという。

息を引き取る時、ドン・ジャイメは、

「肉体の健康よりも、魂の健康を望む」

と言い残した。後には十箱の荷物と二つの小箱、新しい鞄一つが残された。その遺言によって、遺体はサン・ミニアート・アル・モンテ聖堂に埋葬されることになった——。

赤川さんは、先を続けた。

「枢機卿ドン・ジャイメの墓の制作のため、ベルナルドとアントニオのロッセリーノ兄弟が建築の指揮にあたることになり、一四六一年の十二月に契約が交わされたと書いてあります。ロッセリーノは五人兄弟で、ベルナルドとアントニオの他にも、トマソ、ジョヴァンニ、ドメニコという兄弟がおり、彼らは父のマテオと一緒に一家で彫刻の仕事をやっていました」

「あら、ロッセリーノ兄弟って、五人もいたの？」

私は口をはさんだ。意外だった。ヴァザーリの列伝にも美術事典にも、ロッセリーノ兄弟は、ベルナルドとアントニオの二人しか書かれていない。

「はい。この本によると、ベルナルドが長男で、アントニオが末っ子です」

「ふうん。そういえば、アントニオとベルナルドって、十八歳も年が離れているものね」

ロッセリーノの兄弟の話題はそこまでになった。後で、そのことが、大事な問題になるとは思っていなかった。

「この枢機卿の墓の制作では、兄のベルナルドが指揮をとり、弟のアントニオは彫刻で力を発揮しました。ただし……」

そこで、彼女はいったん短く言葉を切った。そして、はっきりとした口調でこう口にしたのである。

「ただし、枢機卿の顔の部分は、デスマスクを元に、デジデリオ・ダ・セッティニャーノが彫りました」

「え！」

耳が熱くなった。

「ここにちゃんとデジデリオとの契約書の内容が書いてあります」

彼女は、それをゆっくりと読み上げた。

「十月七日　二フローリンラルゴス
セニョリア・ジョアン・デ・バルトロ・デ・ミゲルの名で、彫刻家デジデリオに、ポルトガル枢機卿の顔一つのためとして、これらの金を渡す」

私は、轟《とどろ》くような胸の鼓動を感じていた。

デジデリオは枢機卿の墓を作っていた！　その証拠があったのだ。しかも、彼が作ったのは、枢機卿の「顔」の部分だった。法衣でも棺でもない、故人の面影を偲《しの》ぶ『顔』だということに、深い意味があった。

「ええ、顔なんです。それに、デジデリオが枢機卿の顔を作ることになったのは、アントニオ・ロッセリーノの単なる手伝いとしてではなくて、顔一つのために、直接依頼されたと、ここにも書いてあるんです。『ロッセリーノ兄弟の手伝いではなく、顔一つ分のために、じかに契約されたものだった。もしも、ロッセリーノの名でデジデリオが作ったのなら、支払いはロッセリーノからされたはずだ。しかし、デジデリオは枢機卿の墓の依頼人から直接代金を受け取っている』と……」

「依頼人？」

「ええ、この契約書にサインした『セニョリア・ジョアン・デ・バルトロ・デ・ミゲル』という人物は単なる支払いの仲介人で、実際に払ったのは枢機卿の忠実な遺言執行人で、この墓作りに深く携わったアルバーロ・アフォンソ公爵という人です」

「遺言執行人？　それじゃ、デジデリオは、枢機卿の遺言執行人から直接指名されて、枢機卿の顔を作ったわけ？」

「そうです」

「なぜ、デジデリオに枢機卿の遺言執行人から指名が来たの？」

「なぜかはわかりません。それについては、何も書いてありません。ただですね、『これが単なる墓ではなく、礼拝堂という大切なものだったから』と書いてあることと、もう一つ、実はこの忠実なる遺言執行人のアルバーロ・アフォンソ公爵という人について、細かい注釈を読んでたら『ポルトにいた』って書いてあるんですよ」

「えっ、ポルト？」

「はい。『ポルトにいた』と、ただそれだけ……」

ポルトガル枢機卿、遺言執行人、ポルト、デジデリオ……。

それらが、あるストーリーに沿って、つながるように見えた。

この本には、デジデリオと枢機卿の間に個人的な関係があったとは書いていなかった。

しかし、墓碑全体をロッセリーノ兄弟に依頼していながら、

「顔だけは、デジデリオに」

と、遺言執行人である人物がじきじきデジデリオに依頼したのはなぜだろう？

赤川さんは、さらに続けた。

「この本を書いた人は、枢機卿の顔だけでなくて『手』にも、ものすごくこだわっています」

——デジデリオが手を彫ると、真ん中が何か柔らかい物に触れるかのようである。デリケートで繊細で、本人の手を型取りして作ったのだろうと思われるほど精密だ。特に人差し指と小指が何かを触る瞬間のようで、軽くてリズムがあり、洗練されていて、目が覚めるような、光によって開花するような感じだ。デジデリオの手の表現はあらゆるものを表す。彼は作品に明暗を付けた。彼にとって鑿《のみ》は絵筆のようなもので、硬い冷たい大理石も、柔らかく温かく感じられるものに変わるのだ——。

私は、そのデリケートな描写に、清水さんの、

「デジデリオの手にかかると、大理石は本来の硬さをなくして、柔らかいものになるようだった」

という言葉を重ね合わせて聞いていた。

「つまり著者のアタナジオ教授は、枢機卿の手もデジデリオが彫ったと言っているわけね？」

「そういうことです」

私は、資料の中の枢機卿の「手」の写真に見入った。実際に現場では、下から見上げる形になるので手はよく見えなかったが、こうして写真で見ると、ゾッとするほどリアルだった。左手を下にして、法衣の胸の上にそっと重ねられたその手は、両方の薬指に大きな指輪をはめていた。指が非常に長く、やや節高く、二十五歳の男の手としては肉の薄い、若い女のようにナイーブな手……。その手を見ていると、神経質で繊細な人柄や、あまり丈夫でない体質までが伝わってくるようだった。

最終的にこの「ポルトガル枢機卿の墓碑」が完成したのは一四六六年。それを見ずに一四六四年に、デジデリオも、全体の指揮をしていたベルナルド・ロッセリーノも相次いで死んでいる。

「著者はですね、デジデリオが制作した手の仕上げは一部、多分、デジデリオが死んでから誰か他の者がやっただろうと書いています」

「デジデリオの作品を見たければ、サン・ミニアート・アル・モンテ聖堂へ行け」

という言葉の意味は、こうして明らかになった。ポルトガル枢機卿の墓碑は、アントニオ・ロッセリーノの作品でもあるが、重要な部分を、デジデリオ・ダ・セッティニャーノが彫っていた。

なぜ、枢機卿の顔が、デジデリオに託されたのか、その理由はわからない。しかし、枢機卿は、

「サン・ミニアート・アル・モンテ聖堂に葬って欲しい」

という遺言を残していた。遺言執行人から、デジデリオに直々に顔を彫るよう要請があったところをみると、あるいは、それも枢機卿自身が遺言で望んでいたのではないだろうか。だとしたら、ポルトガルからやってきた枢機卿は、旅の空の下で病に倒れたとき、なぜデジデリオを指名したのだろう。

それは、枢機卿とデジデリオが見知った間柄だったから、それも、何か個人的な関係があったからではないだろうか。

ポルトガル人の枢機卿とフィレンツェの彫刻家に、どんな関係があったのだろう。

「デジデリオはポルトで生まれた。枢機卿とは兄弟だった」としたら……。

当時、「庶子」の存在は少しも珍しくなかったが、特にポルトガルの王家は、ドン・ペドロの父であるジョアン一世自身が、先王の庶子であり、そのジョアン一世にも庶子がいて、そこから様々な争いが生まれた。

清水さんによれば、デジデリオは、コインブラ公ドン・ペドロがポルトの町の娘に産ませた庶子であったことになる。少年デジデリオを、迎えに来た王家の兄弟とは、ドン・ペドロの第一王子ドン・フィリポと、まだ幼い第二王子ドン・ジャイメ（後の枢機卿）だ。

私は、サン・ミニアート・アル・モンテ聖堂で、間近から見た枢機卿の顔を思い出した。クッションに頭をあずけ、口元にかすかな微笑みを浮かべて、静かに寝息をたてているように見えた美青年。

(あの人は、やっぱりデジデリオの弟だったのだろうか。デジデリオは、死んだ弟の姿を永遠に残そうと、あの彫刻に才能の限りを傾けたのだろうか……)

「デジデリオの作品が見たければ、サン・ミニアート・アル・モンテ聖堂へ行け」

という言葉は、

「枢機卿の墓碑に、デジリオは思いをこめた」

という意味だったのかもしれない。

枢機卿とデジデリオの血のつながりを直接証明するものはないが、枢機卿の面長で繊細な容貌を思い浮かべる時、私には、デジデリオのイメージが重なり合って見えるのである。ドン・ジャイメとデジデリオは、姿形もよく似ていたのではないか。デジデリオは、もう一人の自分を彫ったのかもしれない……。

京都へ向かう京阪電車に揺られながら、私は頭の中で、二人の青年の顔を、二枚のネガのように重ね合わせていた。

2　旅のおわり

報告

その晩、京都で清水さんに会った。

フィレンツェで聖堂や図書館をめぐり、ポルトガル枢機卿の墓碑に関する資料を見つけたことは、旅行から帰ってきた直後に手紙で知らせてあったが、顔を合わせるのは、帰ってきてから初めてだった。

待ち合わせ場所の喫茶店には、二十五歳の娘さんも一緒に来ていた。

「実は、大阪でポルトガル語の資料の内容を聞いてきた帰りなんです」

「何か書いてあった？」

清水さんは身を乗り出した。

「ええ。ポルトガル枢機卿の顔を作ったのは、確かにデジデリオでした。デジデリオに、顔の代金を支払うという証文があったんです。それも、アントニオ・ロッセリーノの仕事の下請けとしてではなく、枢機卿の遺言執行人から直接依頼された仕事でした」

「うそ〜」

「すごい」

母娘《おやこ》は顔を見合わせた。

「それって、やっぱり、デジと枢機卿が兄弟だったからとちがう?」

清水さんは「デジデリオ」という名前が覚えられないらしく、いつも縮めて「デジ」と呼んだ。

「枢機卿と血のつながりがあるという証拠は何もありませんが、遺言執行人からの直接の依頼で、しかもそれが『顔』だというところが、何となく……」

そう言いかけた私を、こんな言葉が遮《さえぎ》った。

「顔だけじゃないね」

「え?」

「デジは、枢機卿の手も彫ってる、こっち」

彼女は左手をぶらぶらさせた。

「…………」

私は自分の体が固まるのを感じながら、

「……右手は?」

と、短く切り返した。

「右も作ってるけど……」

彼女はちょっと眉をしかめて、右手の手首のあたりをさすり、

「一部分、後で弟子か誰かが削ってる」

と答えた。

この応酬を黙って聞いていた娘さんが、

「そうなんですか？」

と、興味津々《しんしん》の様子で私を見た。私は鞄の中から、ポルトガル語のコピーの束を取り出して見せた。

「この論文を書いたリスボン大学の教授は、枢機卿の手の柔らかな彫り方に注目していて、多分、デジデリオが彫ったと書いているんです。そして、右か左かは書いていないけど、デジデリオの死後に、弟子が手の仕上げをやった可能性があるって……」

「えーっ！」

娘さんと一緒に、本人も、

「ほんまに？　書いてあった？」

と、のけぞり、それから、

「あー、証拠があってよかった」

と、パチパチ手をたたいた。

「なにせ私、夢の中みたいに見えることをしゃべってるだけやから……。確信はあるのよ。でも確証がない。だから、森下さんが、イタリアへ行くって聞いた時、わざわざ遠くまで行って、何も見つからなかったら、どうしようかと内心不安だったの」

そういえば、フィレンツェに発つ直前、前世を見るために彼女が何日も前から体調を万全に整え、気持ちを集中していたことを思い出した。

「証拠があったなんて、私って、すごいやん」

彼女は、子供のようにそっくり返った。

私は、その隣で笑いながらも、まだ心の中で疑い続けていた。

彼女はポルトガル語が読めるのだろうか。ポルトガル語は読めなくとも、何らかの手段で、この資料の内容を知ることができたのだろうか。そうでなければ、ルネサンス美術の専門家であったとしても、「ポルトガル枢機卿の墓碑」のどの部分を誰が彫ったかなどという細かなことまで、こんなに具体的に知っているはずはなかった。

私の心の中をよそに、隣で彼女は得意げにしゃべり続けた。

「枢機卿はね、目を開いたまま、亡くなったの。瞼《まぶた》をそっと指で閉じてあげたのはデジだった」

「…………」

初めて耳にする話だった。彼女は、自分の見えるものに自信を持ったらしく、まるでその場にいあわせたかのように、手でそっと何かを撫でる仕種をした。

「枢機卿の墓碑は、ロッセリーノ一家に依頼された仕事だった。ロッセリーノは五人兄弟で、アントニオと、ベルナルドの他にも三人いたわ」

その言葉に、私は思わず、

「ちょっと待ってください！　今、何て言いました？」

と叫んでいた。

「今日その話を聞いてきたばかりなんです」

ノートを取り出し、ページをめくった。そこに、

「長男ベルナルドと末っ子アントニオの間に、トマソ、ジョヴァンニ、ドメニコの三人がいて、父のマテオ共々、一家で働いていた」

と走り書きしてあった。私は、そのページを見つめたまま、一言も聞きもらすまいとした。彼女は続けた。

「ベルナルドが二男で、アントニオが末っ子」

赤川さんは、ベルナルドを「長男」、清水さんは、「二男」と言った。そこが違っていた。

「あのー、おっしゃる通りアントニオは末っ子なんですけど、ベルナルドは、長男だそうです」

私は清水さんの間違いを指摘したつもりだった。赤川さんは資料を元にしている。当然、そちらが正しいだろう。そして、間違いを指摘された清水さんは、すぐに前言を撤回して、資料を根拠にする言葉の方に歩み寄ってくるだろうと予想していた。

ところが、耳をすますような様子でちょっと考え、

「ううん、ベルナルドの上に、もう一人兄がいたわ。ベルナルドは二男だと思う」

と言い張って、

「他の兄弟の名前はわからないけど、みんなから『ジン』というあだ名で呼ばれていた人がいたわ」

と、付け加えたのだ。

「ベルナルドは、性病で死んでるね。だから、デジがその後を引き継いだ」

「でも、そんなはずはありません。ベルナルドとデジデリオは同じ年に死んでます」

と、私は反論した。

「ううん。ベルナルドは、もうだいぶ前から性病で目が悪くなってた」

そう言われてみれば、ロッセリーノ工房の下請けとしてではなく、独立した彫刻家として遺言執行人から直に枢機卿の「顔」を彫るように依頼されたデジデリオが、なぜか枢機卿の「手」については、契約書もなく彫っている。そこにベルナルドの失明という事情があって、デジデリオが助っ人になったのだと考えれば、なるほど辻褄《つじつま》が合う。

「デジが死んだ時にはね、棺に、彼を愛した男や女がいっぱい付き添った」

「妻以外の女も、いたんですか」

「うん。美しい男でね、性の享楽の中で生きた。でも、彼を最も愛したのは、やはり『ルビー』だった。デジも彼を愛してた。『ルビー』はデジの亡骸《なきがら》を抱いて、いつか生まれ変わって、必ず会おうと涙を流した。『永遠に、そなたのものだ』って……。デジはね、みんなの投げ入れた花に埋もれて葬られたのよ……」

私は、デジデリオの棺が家族やたくさんの友人に付き添われ、その墓に長い間、数多くの詩が捧げられたという、ヴァザーリの列伝を思い出していた。そのソネットの一節には、こう書かれていた。
「彼が大理石に不滅の生命を与えたように
大理石は彼に不滅の生命を与えた」

翌日、私は仕事部屋で、また資料の山をかきわけていた。

ベルナルド・ロッセリーノは、ロッセリーノ兄弟の「長男」なのか「二男」なのか。小さな問題ではあったが、「資料に基づく訳」と「清水さんの確信」のどっちが正しいのか興味があった。

ロッセリーノ兄弟についてもデジデリオと同様、日本には詳しい資料がほとんどなく、ヴァザーリの列伝が唯一のものだと言ってよかった。その列伝には「長男」「二男」どころか、「ロッセリーノが五人兄弟だった」ということさえ、書かれていなかった。

しかし私は、日本にはない貴重な資料を持っていた。フィレンツェの図書館にあったレオ・プラニシヒ著の「Bernardo und Antonio ROSSELLINO」というドイツ語の伝記だ。東大の高辻教授に読んで頂いた絶版の「デジデリオ・ダ・セッティニャーノ」と同じ著者である。そのコピーを、フィレンツェで手に入れ、持って帰ってきていたのだ。きっと、答えはあの中にある、と思った。

兄弟全員の名前がどこかに書かれていないか探した。

すぐに見つかった。兄弟五人の生年と没年が書いてあったのだ。私は生年を書き抜いて、兄弟の名前を順番に並べた。すると、

「一四〇七年ドメニコ。一四〇九年ベルナルド。一四一七年ジョヴァンニ。一四二二年トマソ。一四二七年アントニオ」

赤川さんに電話で確認したところ、ポルトガル語の資料には、生年は明記してなく、兄弟の名前を並べた順番が、たまたまベルナルドが一番先だったので、ベルナルドを「長男」だと思った、ということだった。

つまり、清水さんの言う通り、ベルナルドは「二男」だったのだ。

では、この五人兄弟の中に、「ジン」というあだ名で呼ばれていた兄弟は本当にいたのか。ドメニコ、ベルナルド、ジョヴァンニ、トマソ、アントニオ、それぞれの名前を、イタリアでは普通、どういう愛称で呼ぶのか、西山さんに尋ねた。すぐに返事が送られてきた。

「一般的に、ドメニコは特にあだ名がありませんが、ベルナルドは『ディーノ』、ジョヴァンニは『ジャンニ』、トマソは『マソ』もしくは『マザッチオ』、アントニオは『トニオ』また、最近ではアメリカ風に『トニー』と呼ばれる事が多いです。『ジン』というあだ名は、あまり聞いたことがありません。ただ、あだ名というのは、付け方に決まりがあるわけではなく、家庭によっていろいろな呼び方をするので、あるいは、ジョヴァンニあたりが『ジャンニ』でなく『ジン』と呼ばれていたかもしれません」

私はベルナルドがどんな病気で死んだのか調べた。死因はどの本にも書かれていなかったが、「性病で目が見えなくなった」という言葉は、当時、イタリアで「フランス病」(フランスでは『ナポリ病』)と呼ばれていた梅毒を指しているようだった。梅毒に罹《かか》った者は、最初は体に小さなグリグリができる程度だが、そのうち全身が発疹で覆われ、目が見えなくなったり、耳が聞こえなくなった。発疹はどんどん広がり、人々は身体が次第に溶けていくという恐怖に襲われ、

「目が見えなくなった者は、自分の身体が腐って行くのを見ずにすんだだけまだしも幸せだ」

と、囁き合ったという。

その後私は、ポルトガルの歴史について書かれた本を読んだ。当時、リスボンには、ジェノヴァ、フィレンツェなどの商人が常駐し、一方、フィレンツェ、ジェノヴァ、ベネチアなどのイタリアの都市には、ポルトガルの商人や使節が国王や実業家の代理人として常駐していた。イタリアは十五世紀のポルトガル人が最も頻繁に訪れる国であり、ポルトガルの王子たちも、随員を引き連れてイタリアを訪れた。中でも、枢機卿ドン・ジャイメの父親であるコインブラ公ドン・ペドロは、欧州をくまなく旅行してベネチアから世界地図とマルコ・ポーロの「東方見聞録」の写本を持ち帰っており、ドン・ジャイメも、ローマを訪れている。

もしかすると、こうしてイタリアを訪れるポルトガル王家一行の中に、聖歌隊をやめ

フィレンツェへ向かう華奢な少年の姿があったのかもしれない……。

西山さんからファクスで手紙が送られてきたのは、それから間もなくのことだった。手紙は、

「ポルトガル枢機卿の顔について、興味深い記述を見つけました」

という書き出しで始まっていた。それによると、「LA BASILICA DI SAN MINIATO AL MONTE A FIRENZE」(「フィレンツェのサン・ミニアート・アル・モンテ聖堂」)という写真集を見つけて読んだところ、枢機卿の墓碑を彫ったのは、例の通りアントニオ・ロッセリーノだということになっていたが、その中に、こんな注目すべき一文を見つけたというのだ。

「アントニオは、デジデリオが取った枢機卿のデスマスクを元に、この顔を彫った」

もちろん、「顔」を彫ったのは、アントニオではなく、デジデリオである。そのことは、ポルトガル語の契約書が証明しているので確かだ。それより興味深いのは、

「デジデリオが取った枢機卿のデスマスク」

という部分である。

私は、開いたまま亡くなった枢機卿の目を、デジデリオが指でそっと閉じさせたと語った時の清水さんの手つきを思い出した。

デスマスクを取ったのならば、デジデリオは枢機卿の臨終に立ち会ったことになるので

はないか。私と全く同じ思いを、西山さんが手紙で投げかけてきた。

「それは、デジデリオが、枢機卿に最も近い人間の一人だったからではありませんか?」

この手紙を読み終えた時、私は旅が終わろうとしているのを感じた。

そして、永遠

答えは私の目の前に浮かんでいた。両腕をのばし、抱きしめればよいのだ。けれど、つかまえても、つかまえても、腕の中には何もない。

五百年の歳月を経た今、

「枢機卿とデジデリオは兄弟だった」

と、誰が口を開くだろう……。

「デジデリオとアルベルティは愛し合っていた」

と、誰が打ち明けるだろう……。

遥か遠い時代の沈黙の口は、こじあけることができない。私は、永遠の封印の前で、推理の積み木をしているにすぎないのだ。推理が正しいのか、間違っているのか、答えは返ってこない。

そして、私がこれほど追いかけ、やっと見つけた外国語の資料の中身を、清水広子という女性が、日本にいながらどうやって知ったのか……、その答えも霧の彼方だ。

この二年、私は過去を旅していた。

デジデリオは、筆で絵を描くように、石に柔らかさやぬくもり、情感や陰影を表現できる天才だった。その情感と陰影の表現力は、後の天才レオナルド・ダ・ヴィンチの絵画に引き継がれた。

私にはこんなデジデリオが見える。彼は「欲望」という名の通り、奔放と快楽を愛していた。当時の青年たちの多くが結婚という制度を馬鹿にしたように、彼にとってもそれは窮屈な義務だった。それでも結婚したのは、当時、婚姻が家の体面のために必要だったからだろう。清水さんが言ったように、デジデリオが同性愛者であることを知っていた友人のアントニオ・ロッセリーノが、強引にブルージュの娘を世話したのかもしれない。デジデリオが二十七、八歳の時。妻モンナ・リサは七歳年下だった。

デジデリオは外国から来た妻に優しい心づかいを見せた。彼はアントニオと工房の材料の仕入れのために、ローマ、ベネチア、アヴィニヨン、リヨンなどに数度旅をしたが、そのたびに妻に、ベネチアのガラス細工の首飾りや、リヨンの絹を買って帰ったという。子が生まれると、デジデリオはその愛らしさに狂喜した。子供のみずみずしさの中で神が輝いているようだった。彼はよき家庭人だった。

その一方で、彼とルビーの間では、変わらず、

「そなたほど愛した者はいない」

「永遠にあなたのものでありますように」

という熱烈な恋文が交わされていた。妻は、夫が手紙に口づけするのを見ても、それがどういうことかわからなかった。結婚はルビーとの関係の障害になるものではなかった。男同士の愛は、家庭とはまったく別の次元にあったのだ。

最初の子供マリアが死んで、小さな棺をサント・アンブロージョ教会の冷たい土に下ろした時、デジデリオは悲嘆にくれた。フィレンツェでは、日々たくさんの人が死ぬ。悲しみにうなだれた黒ずくめの葬列が、ドクロのついた杖を先頭にして、まるで生きている者にこの世のはかなさを見せつけるように目の前を行き過ぎる。

「メメント・モリ（死を思え）」

「今咲きほこる花々も、明日はしおれて野辺に散る」

そう考えながら彼は、死者の姿を美しい墓碑に彫る。人は死んでやっと永遠を得る。生きて永遠を得ることはできないのだろうか。この嘆きは、当時のフィレンツェのすべての人々の心の底にある思いだった。

デジデリオは制作中の「サクラメントの祭壇」のてっぺんに生き生きとした「幼子キリスト」の彫刻を、台座に「ピエタ」のレリーフを彫り、その中間に「永遠の生命」の廊下を彫った。「生」と「死」は何度も繰り返され、不滅である。自分たちは昔も生き、再び生まれてくる……と。それは「再生（ルネサンス）の讃歌」だった。

デジデリオとポルトガル枢機卿は、どういう関係だったろう。二人は、顔も姿形もよく似ていた。しかし、コインブラ公の第二王子ドン・ジャイメと、私生児デジデリオとは正反対の人生を歩んだ。当時、教会での聖歌隊の地位は、聖職者に準ずるほど重かった。デジデリオが聖歌隊を辞めて彫刻家になり、いわば「還俗」したのと反対に、ドン・ジャイメは十五歳で初陣に敗れた後、俗世を捨てて聖職者の道を歩んだ。デジデリオが、この世の快楽を愛したのに対して、ドン・ジャイメは二十五歳で死ぬまで、童貞のままだったと言われている。

デジデリオにとって、枢機卿ドン・ジャイメは、もう一人の自分だったのではないだろうか。そこには、「正嫡の子」として生まれた弟に対する複雑に屈折した感情と懐かしさがないまぜになっていたような気がする。けれど、最期にフランシスコ・デ・カンビーニの屋敷にデジデリオが呼ばれた時、弟は、

「私の顔は、兄に彫ってほしい」

と言い残していた。デジデリオは、弟の瞼を指でそっと閉じさせ、枕辺で祈りを捧げると、自分の才能の全てを傾けた。大理石で弟に永遠の生命を与えたのである。それが、彼に対する、デジデリオの最大の愛の証だった。

しかし、デジデリオは弟と同じく胸を病み、その完成を見ることがなかった。

最期を看取ってくれたのも、最も愛してくれた男だった。彼は死の床で祈り続け、滂沱《ぼうだ》の涙を流しながら「神は、私の魂を半分もぎとられた」と嘆いた。

完成しなかった仕事と、まだ手さえつけていない野心をたくさん残し、デジデリオは死

んだ。

その棺は、嘆き悲しむ人々の投げ入れた花に埋もれ、サン・ピエロ・マッジョーレ教会に埋葬された。弔《とむら》いの鐘が鳴った。

それから五百三十年、デジデリオの作品のいくつかは、今もフィレンツェの教会にひっそりと佇《たたず》んでいる。


息を引き取る時、デジデリオはどんな「復活」を望んだだろうか。

デジデリオの亡骸《なきがら》を抱いて祈った「ルビー」は、人生の終点に、何を祈っただろう。

生前、デジデリオは「ルビー」に腰帯を作って捧げたという。革の上に細工したラピスラズリを並べ、細い銀の糸でつないだ美しい帯だ。ラピスの青は、「ルビー」の瞳の色である。そして自分が生まれた遠いポルトガルの港町の空の色でもある。古代エジプト人はその石に、災難を避け、来世での幸福を約束する力があると信じていた。


三十年以上にわたって法王庁の書記官を務めたアルベルティは、デジデリオが死んだ一四六四年、法王庁を去り、八年後ローマで死んだ。

これが、私が追いかけ、見つけた資料を基につむいだ推理である。デジデリオの実像に少しでも触れることができたかどうか……。それは石になったデジデリオしか知らない。

そして、仮に真実だったとしても、清水さんの話の残りの半分、すなわち、その生まれ変わりが「私」であるという証拠は、何もない。迷宮は迷宮のままなのである。

この謎ときの旅の途中、私は何度も自分自身に問いかけた。

「私は清水さんの言葉に、知らず知らず操《あやつ》られていはしないか？　彼女の言葉と一致する事実だけを拾い集めて、強引に裏付けを取ろうとしていないか？　そして結局は、思い込みの中で空回りしているのではないか？」

そんな迷いが黒雲のように広がり、「自分は一体何をやっているのだろう」と不安になった。

しかしある時、気づいた。私は、清水さんの言葉の信憑性を裏付けるために旅をしたのではない。彼女の言葉をきっかけに、私はデジデリオという、五百年前の男に出会ったのである。彼は、「私だったかもしれない」過去の人間である。そして、私は「私だったかもしれない男」を追いかけながら、本当は自分自身を探していたのだ。

不思議な偶然が次々に起こって、私にヒントを与え、導いてくれた。清水さんに出会ったこと、そもそも私に取材の依頼が来たことは、偶然だったのだろう。けれど、それらの偶然の連なりが、人生半ばにさしかかって日常が色あせて見え始めていた私に、もう一度夢みる活力を与え、「自分探しの旅」に旅立たせたのだと思う時、私はデジデリオに出会うべくして出会った「必然」を感じるのである。

人は生まれ変わるのだろうか？

それとも、やはり輪廻転生などないのだろうか？

今の私の気持ちを言おう。パズルの断片がつながり、偶然が起こり、圧倒的に真に迫って思える瞬間が幾度もあった。けれど、私はやっぱり疑いを捨てきれないのだ。その反対に、極めて疑わしく思える時も、それを断定しきれない何かがあった。私はやっぱり今も、やじろべえのままだ。しかし、長い旅の間に、私はしだいに答えはどっちでもよいと思うようになっていた。

なぜなら、前世を探す旅に私を駆りたてたものは、今を生きる自分の人生のかけがえのない一回性を輝かせたいという切望だったからだ。私は過去に戻ろうとしたのではなく、今を生きようとしたのだ。奇しくも五百年前、プラトン・アカデミーの若者たちは、

「現在を楽しむことが、永遠性を手に入れる正統なる方法だ」

と、語ったという。冒険に熱中している瞬間、私は「今、生きている」という感覚を全身で味わった。その一瞬は、永遠に思えた。

旅が終わった時、私が見つけた本当の宝は、それを探した道のりだった。その道のりで、私は一つの思いに触れた。それは、

「人間はどこから来て、やがてどこへ帰るのかわからない。けれど、どこから来て、どこへ帰るにしても、人生は心からしたいと望むことをするためにある」

という心の声である。

デジデリオは石の壁にもたれ、ゆったりとしたブラウスの腕を組んで、

「人生に、遠回りしている時間はない」

と、語りかけてくる。

「心から望むものに向かって、真っ直ぐに来い」

と……。


（了）

あとがき

一九九五年に、この本を出版した後も、デジデリオをめぐって様々なできごとがあった。一つは、清水さんから「その人も生まれ変わって、今、日本に生きている」と名指しされた作家その人と、会ったことだ。

偶然ではない。私から本を送り、思い切って手紙を書いた。

「実は、この本の中に登場する、デジデリオの恋人『ルビー』ことレオン・バッティスタ・アルベルティの生まれ変わりとは、あなたのことだと清水さんは言うのです。こんなことを申し上げると、変だと思われるかもしれませんが、もしや何か、お心あたりは？」

常識を疑われるだろうと覚悟をしていた。一ヶ月後、お返事が届いた。なんと、その人は、この話をうきうきと面白がってくれた。お目にかかることになった。待ち合わせの場所は、帝国ホテル。指定された階段の上で、私は緊張して待った。

やがて、一人の中年男性が、黒づくめのダンディーな服装で階段を駆け上がってきて、にこっと白い歯を見せた。なんだか、ほっと緊張が解けた。バーでお酒を飲みながら、「ルビー」ことアルベルティについての資料をお見せすると、

「僕じゃないんじゃないかな。だいたい、『万能の天才』だなんて、格好よすぎますよ。恐

縮してアガッてしまいます」

と、照れくさそうに笑っていらした。その後、本の帯に、お言葉をいただいた。

その人とは、以来一度もお目にかかっていないが、新聞で新しい著書の広告を見ると、おっ、と嬉しくなる。書店の本棚で、自分の本とその人の本の背表紙が並んでいたりすると、なんだかちょっと照れくさい……。

もう一つのできごとは、「ベルトを見た！」という目撃情報が寄せられたことだ。ミラノ在住の日本人女性からで、

「一九七〇年代に、フィレンツェのメディチ・リカルディ宮の一室で見ました。ガラスケースに覆われて展示されていた二本のベルトのうちの一本で、ラピスラズリを金か銀の糸でつないでありました。あまりに美しい群青色だったので印象に残っています。デジデリオが恋人に捧げたものではないでしょうか？」

というファクスだった。清水さんの語った腰帯の「銀の糸でつないである」という特徴と重なる……。すわ、ベルト発見かと、私は一九九六年一月、再びイタリアへ飛んだ。

目撃者の女性は、イタリアへ取材に来る日本のマスコミのコーディネーターをしていた。ベルトを見たのも、仕事の最中だったという。彼女の力を借り、ベルトを探して、メディチ・リカルディ宮、ピッティ宮、バルジェッロ国立博物館、そして、フィレンツェ郊外の美術館にも足を延ばした。ベルトは、残念ながら出てこなかった。

けれど、一つ、不思議なことがある……。ベルトを探す過程で、この女性と、かの作家

が、知り合いだったことがわかったのだ。

「ミラノに取材にいらしたとき、私がコーディネートしました」

聞けば、それは、一九九三年春に、手違いで私に送られてきた、あの航空会社の国際線機内誌のミラノ取材だった。

「えーっ!?」

ラピスラズリのベルトを見た女性は、「ルビーの生まれ変わり」かもしれない人と知り合いだった……。

なんだろう、このつながりは?

まるで、見えない糸が、絡み合っているような……。

これを、この本の読者は、どう解釈するだろう?


あれから十年が過ぎた。

このたび、光文社「知恵の森文庫」の一冊に加えていただくことになった。そこで、新たに、当時の資料や写真を加え、一部加筆訂正した。

また、単行本「デジデリオラビリンス」、文庫版「デジデリオ」だった題名を、「前世への冒険　ルネサンスの天才彫刻家を追って」と再び改題させていただいた。

三たび読者の手にとっていただけるチャンスを得たこと、心から感謝している。

編集の吉田るみさん、ありがとうございます。

この本をファンタジーだと思って読む人がいらしても、私は一向に構わない。実際、ファンタジーのような旅だったから。ただ、書いてあるのは、すべて本当に起こったできごとだ。

共に前世を追いかけてくださった読者の方々が、迷い、疑い、揺れながら、わくわくしてくださったなら、著者としてこれ以上の歓びはない。

二〇〇六年　秋

森下典子

解説――役に立つ迷宮

いとうせいこう

これはノンフィクションだろうか。

明らかにノンフィクションの系統にはありながら、しかし根底にあるのは確かめようもない「前世」の話なのである。一方、だからといってフィクションかというとむろんそうではない。考えていくと、我々はこのめったにない面白さを持つ『デジデリオ』という本を分類しきれなくなる。

こうした二重性のめくるめく感じ。それこそが「前世」という概念自体にひそんでいる魅惑なのではないか。それはつまり「この私は現実」か、それとも「繰り返されるイメージの中にある」のかという問いに近いからである。

現実の私を追っていくと、必ず何かの繰り返しになっていることは、〝年をとって親の仕草を反復している自分〟でもわかる。だからといって、自分が単なる繰り返しだと規定してしまえば、現実生活が嘘になる。我々は結局、歴史の交差点に身体を置いて生きている二重の存在だとでも考えるより他なくなる。二重に生きているしかなくなる。

その二重性をポジティブに受け入れようとすること。それがこの本に一貫して現れる著者の真摯《しんし》な態度だろう。「前世」の物語に埋没してしまい、現在を失う人は多い。反対に一個の自己にこだわるあまり、他人から無意識に受け継いだものを否定して精神的な痩せ細りの中にこもる人も多い。

だが、著者は「前世」を疑う。同時に現在の自分を疑っていることも、ささいな表現からよくわかる。そして、両者を疑ったあげくにどちらも受け入れてしまおうとするのである。

さて、「前世」を信じるか否かという質問がよくあるけれど、僕は〝信じるか否か〟という部分に抵抗がある。心霊現象を信じますかとか、UFOを信じますかという質問も同じことだ。信じるという側に立とうが、信じないという立場になろうが、「信じる・信じない」の二項対立の中にある限り、確かめようがなく結論が出ないのである。馬鹿らしい。だから、僕はそれが〝お役に立つかどうか〟で考えることにしている。お宅に出るという心霊はそれで毎日の生活に役立っているのか。超能力はコンビニ強盗をつかまえるのに一役買ったりするのであろうか。UFOは緊急の道路工事などに参加する気があるのかどうか。

役に立たないのであればないに等しい。等しい以上、それはないものとして無視されるべきである。また、例えばポルターガイスト現象などといって近隣住民を困らせていれば、なおさらそんなものは徹底的に原因を究明し、冷静に相手を追放するべきだろう。こちとら人間も忙しいのである。信じたり信じなかったりする暇はないのだ。

では、「前世」はどうだろう。「前世」という概念は役に立つのだろうか。僕個人にしてみると、たとえ自分が二百年前に生きていた町人であろうとなかろうとその記憶が明確でなければ意味がない。〝明確でないまま支配されるのです。だからおそろしいのです〟と深刻な顔でいう人があるけれど、〝右も左もわからず、自分に決定権がない〟のは単に人生というものの根本的な原理なのである。

町人時代の記憶が〝繰り返される〟人生の岐路で役立たないのであれば、それはないに等しい。等しい以上、それはないものとして無視されるべきである。こう考えるのが僕のやり方だ。

ところが、森下さんの場合は、それが役立つような形で目の前に出現してしまったのである。だからこそ困惑した。なにしろ「前世」の相手は芸術家である。同性愛者である。そういう道に近づくべきかもしれないと思えば、人生の道を変えることもあり得る。

しかも、彼女はその機会を倫理的に疑い続け、追い回し、そしてこれほど知的興奮に満ちた本として書き下ろしてしまった。少なくとも、「前世」を考えることは森下さんにとって役に立ったということになる。いや、それどころか、大変な役立ち具合だ。関係のない僕までがわくわくしながら読書の時を過ごすことが出来、ルネサンスについて改めて考えてみたりすることになったからだ。

例の公式でいうと、役に立つ以上、それはあったに等しいのである。等しいのであれば、そいつを利用し続けるべきだということになる。信じる必要もない。信じない必要もない。ただ、役に立った。これは素晴らしいことである。本でいえば哲学書を読んだり、優れた専門書を読んだりすることと同じだ。

冒頭に「前世」の語りがある。その短い文章が次から次へと事実に符合していく。解けていく。人類が持つ知能それ自体の快感原則がそこにはある。我々の脳は符合というもの、構造化というものがどうしようもなく好きで、だからこそ森下さんの歩む迷宮に一本の通り道が出来ていく過程に興奮する。

そういう意味では、極上のミステリーを読んでいるような錯覚さえ起きる。以前僕はキャサリン・ネヴィルの『8』と、この『デジデリオ』を比べたことがあるほどだ。『8』は現代とフランス革命期を行ったり来たりする。そして、次々と謎解きが行われていく。読者の脳は謎の構造化に刺激され、同時にフランス革命の流れを学び取っていくことにもなる。つまり、傑作だ。

『デジデリオ』もまた、骨組みにおいて『8』に等しいものを持つ。我々は現代の日本とイタリア・ルネサンス期を行き来しつつ、読みさすことの出来ない文章の速度に乗せられて結末に至るのだ。

途中で我々は「前世」という前提を忘れることもあるだろう。忘れてルネサンス期の偉人たちに思いをはせる。なにしろ森下さんの思い入れが深いから、こちらもシンクロしてしまうのである。

例えば、今回読み直している間中、僕はブルネレスキのことばかり気にすることになった。ちょうど別件で遠近法のことを考えていたからで、固い美術書などよりもよほど鮮やかにブルネレスキの思考がイメージ出来るのだ。すると不思議なもので、ふと見たテレビや新聞にブルネレスキが出てくる。おお、ひょっとすると俺が堕ちた生まれ変わりかなどと調子に乗っているうちに、『デジデリオ』の方にも当然また熱が入る。引き込まれていく。

つまり『デジデリオ』は、書物の世界が現実を侵すという最良の出来事を起こすのである。そのような力を持つものを、古来我々は傑作と呼んできたのではなかっただろうか。彫刻であれ、絵画であれ、音楽であれ、現実を侵す力があるからこそ存在価値がある。芸術的だといわれる。役に立つということはそういうことだ。

森下さんは「前世」を役立てたのだと先に書いたのも、またそういう意味である。僕にとってはやはり「前世」があろうとなかろうと関係がない。人生の一回性こそが切なく美しいと考える。だが、著者は明らかに「前世」というものを通して現実を侵してみせる。自分の現実をあくまでも冷静に保ちながら、読む他人の現実世界を瞬間に溶解させ、どちらがよりリアルかわからなくなるような脳の体験をさせるのだ。

「この私は現実」か、それとも「繰り返されるイメージの中にある」のか。すなわち、「現実」か「イメージ」か。僕が冒頭に置いたこの問いもここで符合してくる。作品と呼ばれるものはすべて、この問いを受け手から消去し、二重性を二重性のままに甘受させる力を持っていなければならないのだ。

森下さんは自らが経験したその二重性を我々読者にも受け入れさせてしまう。「前世」がどうだろうがかまわない。話は別のところにある。こういう力を書物は持っているのだと森下典子は証明した。最終的にそのことをこそ、「役に立った」と言うべきなのだと僕は強く訴えたい。つまり、傑作だ。

・A. H. デ・オリヴェイラ・マルケス著、金七紀男編訳「世界の教科書＝歴史　ポルトガル1」（ほるぷ出版）1981年
☆その他
・堀秀道著「楽しい鉱物学　基礎知識から鑑定まで」（草思社）1990年
・「音楽大事典　第二巻」（平凡社）1982年
・「ビジュアル博物館　文字と書物」（同朋舎出版）1994年
・ルドルフ・ウィトコウアー著、池上忠治監訳「彫刻　その制作過程と原理」（中央公論美術出版）1994年
・アンドレ・コルビオ著、齋藤敦子訳「カストラート」（新潮文庫）1995年
・パトリック・バルビエ著、野村正人訳「カストラートの歴史」（筑摩書房）1995年
・プラトン著、久保勉註訳「饗宴」（岩波文庫）1952年

☆ロッビアー族について
・ Fiamma Domestici “DELLA ROBBIA A FAMILY OF ARTISTS” (SCALA) 1992
☆サン・ミニアート・アル・モンテ聖堂についての研究書
・Manuel Cardoso Mendes Atanázio “A ARTE EM FLORENÇA NO SÉC. XV E A CAPELA DO CARDEAL DE PORTUGAL” Lisboa, 1983
・Francesco Gurrieri, Luciano Berti,Claudio Leonardi “LA BASILICA DI SAN MINIATO AL MONTE A FIRENZE” (GIUNTI) 1988
・BRUNO SANTI “San Miniato” (BECOCCI EDITORE) 1989
☆ラウレンツィアーナ図書館について
・La Storia della Biblioteca Laurenziana（ラウレンツィアーナ図書館所蔵）
☆ポッジォ・ア・カイアーノについて
・岡崎文彬著「ルネサンスの楽園」(養賢堂) 1993年
・Fianico Studio “THE MEDICI VILLA AT POGGIO A CAIANO” (Liberia Editrice Fiorentina)
☆レオン・バッティスタ・アルベルティについて
・レオン・バッティスタ・アルベルティ著、三輪福松訳「絵画論」(中央公論美術出版) 1971年
・森雅彦編著「レオン・バッティスタ・アルベルティ　芸術論」(中央公論美術出版) 1988年
☆唐招提寺について
・安藤更生訳註「唐大和上東征傳」(唐招提寺) 1964年
・文化庁監修「国宝:原色版. 1　上古・飛鳥・奈良 I」(毎日新聞社) 1976年
・「日本美術全集　第4巻　東大寺と平城京　奈良の建築・彫刻」(講談社) 1990年
☆ポルトガルについて
・高野悦子、伊藤玄二郎編「図説　ポルトガル」(河出書房新社) 1993年
・安部眞穏著「波乱万丈のポルトガル史」(泰流社) 1994年

・ジョバンニ・カセリ、D.アリベール=クーラギーヌ著、福井芳男・木村尚三郎監訳「カラーイラスト　世界の生活史28　近世のヨーロッパ社会」(東京書籍) 1989年
・R. L.ピセツキー著、森田義之・篠塚千恵子・篠塚二三男・一ノ瀬俊和訳「モードのイタリア史　流行・社会・文化」(平凡社) 1987年
・パウル・フリッシャウアー著、関楠生訳「世界風俗史2　古代ローマから恋の時代ロココまで」(河出文庫) 1993年
☆ルネサンス時代の人物伝
・ケネス・クラーク著、丸山修吉・大河内賢治訳「レオナルド・ダ・ヴィンチ」(法政大学出版局) 1981年
・田中英道著「レオナルド・ダ・ヴィンチ」(講談社学術文庫) 1992年
・ロマン・ロラン著、高田博厚訳「ミケランジェロの生涯」(岩波文庫) 1963年
・羽仁五郎著「ミケルアンヂェロ」(岩波新書) 1968年
☆デジデリオについての研究書
・Leo Planiscig "DESIDERIO DA SETTIGNANO" (VERLAG ANTON SCHROLL & CO. IN WIEN) 1942
・Ida Cardellini "DESIDERIO DA SETTIGNANO" Milano, 1962 (フィレンツェ国立中央図書館所蔵)
・APPUNTI D'ARCHIVIO (古文書館記録)
Clarence Kennedy "Documenti inediti su Desiderio da Settignano e la sua famiglia" dal 〈Rivista d' Arte〉 1930 (フィレンツェ国立中央図書館所蔵)
・W. Bode "RENAISSANCE SCULPTUR" (フィレンツェ・マルチェッリアーナ図書館所蔵)
・Bruna Tomasello "Museum of the Bargello" (BECOCCI/Scala)
☆ロッセリーノ兄弟についての研究書
・Leo Planiscig "Bernardo und Antonio ROSSELLINO" (ANTON SCHROLL & CO. IN WIEN) 1942 (フィレンツェ・マルチェッリアーナ図書館所蔵)

没落」（リブロポート）1984年
・中田耕治著「ルネサンスの肖像」（青弓社）1992年
・ポール・フォール著、赤井彰訳「ルネサンス」（白水社文庫クセジュ）1968年
・下村寅太郎著「ルネッサンス的人間像　ウルビーノの宮廷をめぐって」（岩波新書）1975年
・中田耕治著「メディチ家の人びと　ルネサンスの栄光と頽廃」（河出文庫）1984年
・ピーター・バーク著、森田義之・柴野均訳「イタリア・ルネサンスの文化と社会」（岩波書店）1992年
・エウジェーニオ・ガレン編、近藤恒一・高階秀爾　他訳「ルネサンス人」（岩波書店）1990年
・若桑みどり著「世界の都市の物語13　フィレンツェ」（文藝春秋）1994年
・塩野七生著「神の代理人」（中公文庫）1975年
・アンドレ・シャステル著、桂芳樹訳「ルネサンス精神の深層　フィチーノと芸術」（平凡社）1989年
・マイケル・バクサンドール著、篠塚二三男・池上公平・石原宏・豊泉尚美訳「ルネサンス絵画の社会史」（平凡社）1989年
・若桑みどり著「マニエリスム芸術論」（ちくま学芸文庫）1994年
☆フィレンツェのガイド
・宮下孝晴、佐藤幸三　他著「フィレンツェ美術散歩」（新潮社）1991年
・宮下孝晴著「イタリア美術鑑賞紀行 2　フィレンツェ・ピサ編」（美術出版社）1994年
・ガリマール社・同朋舎出版共編「望遠郷 1　フィレンツェ」（同朋舎出版）1994年
☆フィレンツェの市民生活と風俗
・ピエール・ミケル著、福井芳男・木村尚三郎監訳「カラーイラスト　世界の生活史 7　中世の都市生活」（東京書籍）1985年
・ピエール・ミケル著、福井芳男・木村尚三郎監訳「カラーイラスト　世界の生活史10　ルネサンス」（東京書籍）1985年

参考文献

☆美術全集、美術事典など
・小学館　世界美術大全集　西洋編　第11巻「イタリア・ルネサンス 1」1992年
・新潮社　人類の美術「イタリア・ルネッサンス　1400～1460」1975年
・学習研究社　大系世界の美術　第13巻「ルネサンス美術 1　イタリア15世紀」1973年
・小学館「世界美術大事典」1989年
・新潮社「世界美術辞典」1985年
・講談社「オックスフォード西洋美術事典」1989年
・日本放送出版協会「フィレンツェの美術」1991年
☆ルネッサンスの時代背景、美術、文化について
・佐々木英也監修、森田義之責任編集「NHK フィレンツェ・ルネサンス」全 6 巻（日本放送出版協会）1991年
・ヴァザーリ著、森田義之監訳「ルネサンス彫刻家建築家列伝」（白水社）1989年
・ブルクハルト著、柴田治三郎訳「イタリア・ルネサンスの文化」上下巻（中公文庫）1974年
・高階秀爾著「フィレンツェ」（中公新書）1966年
・同朋舎出版「グレート・アーティスト別冊　初期ルネサンスの魅力」1991年
・モンタネッリ、ジェルヴァーゾ著、藤沢道郎訳「ルネサンスの歴史」上下巻（中公文庫）1985年
・高階秀爾著「ルネッサンスの光と闇」（中公文庫）1987年
・高階秀爾著「ルネッサンス夜話」（河出文庫）1987年
・会田雄次・中村賢二郎著「世界の歴史12　ルネサンス」（河出文庫）1989年
・樺山紘一著「ルネサンス」（講談社学術文庫）1993年
・藤沢道郎著「物語イタリアの歴史」（中公新書）1991年
・クリストファー・ヒッバート著、遠藤利国訳「メディチ家　その勃興と

本書は『デジデリオラビリンス』（一九九五年／集英社刊）の文庫版『デジデリオ』（二〇〇〇年／集英社文庫刊）を改題し、新たに写真を加え、加筆、再編集したものです。本文中の年数は、単行本出版当時のままとしました。

知恵の森
KOBUNSHA

前世《ぜんせ》への冒険《ぼうけん》
ルネサンスの天才彫刻《てんさいちょうこく》家《か》を追《お》って

著　者――森下典子（もりした のりこ）

2006年　9月15日　初版1刷発行
2022年　12月30日　　9刷発行

発行者――三宅貴久
印刷所――堀内印刷
製本所――フォーネット社
発行所――株式会社光文社
東京都文京区音羽1-16-6 〒112-8011
電　話――編集部(03)5395-8282
書籍販売部(03)5395-8116
業務部(03)5395-8125
メール――chie@kobunsha.com

ISBN978-4-334-78443-0　Printed in Japan